Deinha,
a árvore do
amor

Madalena
Salles

Deinha, a árvore do amor

© Madalena Salles, 2025
Todos os direitos desta edição reservados à Editora Labrador.

Coordenação editorial Pamela J. Oliveira
Assistência editorial Vanessa Nagayoshi, Leticia Oliveira
Capa Amanda Chagas
Projeto gráfico Amanda Chagas, Vinicius Torquato
Diagramação Vinicius Torquato
Preparação de texto Dalila Jora
Revisão Gleyce F. de Matos
Imagens de capa e miolo Acervo pessoal

Dados Internacionais de Catalogação na Publicação (CIP)
Jéssica de Oliveira Molinari - CRB-8/9852

Salles, Madalena
  Deinha, a árvore do amor / Madalena Ribeiro Salles.
São Paulo : Labrador, 2025.
  192 p.

  ISBN 978-65-5625-827-0

  1. Ficção brasileira 2. História de amor I. Título

25-0576   CDD B869.3

Índice para catálogo sistemático:
1. Ficção brasileira

Labrador

Diretor-geral Daniel Pinsky
Rua Dr. José Elias, 520, sala 1
Alto da Lapa | 05083-030 | São Paulo | SP
contato@editoralabrador.com.br | (11) 3641-7446
editoralabrador.com.br

A reprodução de qualquer parte desta obra é ilegal e configura uma apropriação indevida dos direitos intelectuais e patrimoniais da autora. A editora não é responsável pelo conteúdo deste livro.
Esta é uma obra de ficção. Qualquer semelhança com nomes, pessoas, fatos ou situações da vida real será mera coincidência.

PREFÁCIO

Madá escreve fácil e sofisticado.
Sua personalidade transpira em sua escrita. É erudita, com os pés na terra brasileira. Popular e requintada, fruto que é de suas origens e raízes.

Como autora, vibra com a saga que conta. Não se distancia. Flutua sobre os fatos, acompanhando leve e emocionada a história que conta. Fala com amor de mulheres guerreiras como ela e de um homem que amou mais do que é possível. Elogia qualidades que, por modéstia, não vê que possui.

A gente não consegue parar de ler. Nossa atenção é fisgada. O anzol são os acontecimentos e a isca, seu estilo. Um jeito forte e suave de escrever. Como ela.

Quem tem o privilégio de conviver com essa artista comprova isso rápido.

A história é a dos meus ancestrais. Uma sucessão de fatos de amor e aventuras cavados na areia do tempo e que ela impediu que ficassem escondidos.

Sorte a nossa.

Oswaldo Montenegro

Sumário

O encontro 9
A proposta 14
O conflito 19
A decisão 23
O Rio de Janeiro 31
Nininha 38
Amália 41
A casa 53 48
A partida 51
Os filhos 55
Sempre cabe mais um 60
A índia e a surpresa 69
Sem saudades de Beira Alegre 79
A obsessão 82
O irmão 86
Trabalho pra ninguém botar defeito 88
Mãe e filho 92
Minha querida, eu não
entendo o porquê dessa vida! 94
A resposta 100
Cada um tem seu jeito 102

O primeiro namoro	106
Uma segunda via sem a primeira	112
O álbum	117
O pedido indecente	121
O conflito	123
A missão	126
Homem fiel	134
Fim da festa	139
Sem tempo para dor	141
O interior	145
Acelere!	151
É o tempo que passa	154
De volta ao ninho	158
A vinda e a ida	160
Crianças crescem	162
O inevitável	164
A escolha	167
A despedida da casa 53	171
O tempo que passou	174

O ENCONTRO

Beira Alegre, Pernambuco, 1926

Assim que a campainha tocou, Deinha jogou o livro de lado e correu até a porta. Ao abrir, não conseguiu disfarçar. Congelou o sorriso e arregalou os olhos, decepcionada. Não esperava que Amália viesse acompanhada. Queria a amiga só para si. Conversar intimidades, rir bobagens, contar fofocas. Mas Amália era mesmo dada a surpresas, nunca se sabia o que esperar dela. Ao seu lado estava um rapaz, quase menino, muito mais jovem que as duas. Fixou os olhos nele, surpresa: o garoto era bonito de verdade! Dois olhos verdes cravados numa pele deliciosamente morena, boca perfeita, quase feminina, olhar firme, quase duro. Ele também pareceu surpreso, olhos arregalados, presos na moça à porta. Não sorriu. Ele assustado. Ela assustada. E Amália, bem, a amiga riu dos dois. Amália era mesmo dada a surpresas.

— Oi, Dé! — disse a amiga, empurrando o rapaz para dentro da casa. — Esse é Vive, meu amigo de Salvador! Veio passar as férias aqui em Beira Alegre. Te falei dele, lembra?

— Oi, Vive! Prazer! Tudo bem? Entre, fique à vontade!

Enquanto Vive se encaminhava à sala, Deinha cochichou para a Amália:

— Você nunca me falou de nenhum Vive, Amália!!!!

— E que diferença faz? — riu a amiga.

Mas, apesar da decepção, acomodados na ampla sala, os três jovens se entrosaram tão bem que sequer perceberam as horas passarem. Conversaram, riram, se divertiram, contaram casos.

— Dé, onde está Gílio que não chega?

— Deve estar no escritório resolvendo coisas, Amália. Meu marido é deputado, não se esqueça! Tem responsabilidades.

— É. Mas também tinha que assumir responsabilidades na própria casa. E deveria te dar mais atenção! Afinal, é teu marido. E você não me engana, Dé! Me fala: ele parou com o jogo pelo menos?

Deinha não acreditou no que Amália acabara de falar. Olhou o mais duro que conseguiu para a amiga, boca apertada, com ar de recriminação, e disfarçadamente apontou para Vive, arregalando os olhos e tombando a cabeça em sua direção. Este não se constrangeu com a ousadia da amiga. Ao contrário, prendeu o riso, gostando do rumo que a conversa tomava. Mas Deinha viu que a amiga não se remendaria.

— Amália, você não tem jeito mesmo, né? Limite é coisa que não existe em seu dicionário! Como você pode tocar num assunto tão pessoal na frente de alguém com quem eu não tenho a menor intimidade? — Virou-se para Vive e completou: — Desculpe, Vive, nada contra você, mas acabamos de nos conhecer e...

Mas Amália não deixou que a amiga terminasse.

— Oxe! E por quê, Deinha? Que mal faz perguntar o que já sabemos a resposta? Encafuar verdades é que nem botar sujeira debaixo do tapete, Dé. Todo mundo sabe que está lá, só finge que não vê.

— Meu Deus, Amália! Você não toma jeito!

— E pra que tomar jeito, Dé? Vixe! O que eu gosto mesmo de tomar é minha geladinha com Alfredo, quando vamos ao clube sassaricar — respondeu a amiga, exagerando dengo e trejeito. — Mas não fuja da pergunta. Gílio continua carteando além da medida ou não?

Deinha franziu a testa por alguns segundos, mas não conseguiu manter a postura de chateada. Amava aquela amiga biruta.

— Tá bom, Amália! Se quer saber, Gílio continua na mesma. Se já saiu do escritório, deve estar em alguma mesa de carteado por aí, gastando o que temos. E ainda bem que temos! Poderia ser pior.

— E você continua nessa, minha amiga? Não acha que merece coisa melhor? Que casamento é esse, Jesus!? Ao menos dividirem a mesma cama vocês ainda dividem?

— Deixa de ser besta, Amália! Lá vem você de novo com pergunta abusada! Isso é coisa que se pergunte, meu Deus? E você, Vive — perguntou, virando-se para o rapaz para cortar o assunto da amiga —, está de férias da escola? Veio com seus pais?

Percebendo a ironia na pergunta, o rapaz endureceu a expressão, deixando claro o incômodo.

— Não, eu não estou de férias da escola, Deinha. Eu estou de férias da faculdade. Curso odontologia e, não demora, estarei formado. E vim desacompanhado para Beira Alegre.

— Ah, é? Hum! Odontologia! Interessante! Você tem mais idade do que aparenta, então. Quem dera fosse assim com a gente também, não é, Amália?

Riram, as amigas. Amália vistosa, corpo esguio, cintura fina marcada em cinto no vestido justo, cabelos escorridos presos em elegante coque mostrando o longo pescoço, e rosto oval, com enormes e brilhantes olhos castanhos. Já Deinha não trazia os traços exigidos para a beleza padrão da época. Era rechonchuda, baixinha, com olhos castanhos, pequenos e fundos, escondidos em rosto largo e oval. Seus cabelos eram curtos, sem corte definido, desarrumados, e seu vestido era solto. Não trazia qualquer atributo especial, não possuía o tal charme físico e, ainda, era desprovida de vaidade. Mas seu sorriso era largo e brilhante e, quando falava, atraía todas as atenções, porque sabia exatamente o que dizer, como e quando dizer. Deinha possuía o que faltava a Amália — além de desenvolta e espirituosa, como a amiga, tinha carisma e falava bem na frente de quem quer que fosse.

As duas amigas conversaram ainda por algum tempo. Vive as observava, olhos fixos com interesse indisfarçado, e incomum para ele, em Deinha. De repente, Amália se levantou.

— Dé, está ficando tarde. Não vamos mais esperar por Gílio, não. Estou vendo que vocês continuam na mesma de sempre. Abre o olho, amiga! A vida passa rápido e casamento não é essa tua solidão, não. Casarão luxuoso nenhum vale essa pena. Abre teus olhos, amiga!

— Eu estou bem, Amália. Está tudo bem. Não tenho do que me queixar.

Mas Vive reparou que os olhos da moça não diziam o mesmo que suas palavras. Vive tinha aquela intuição especial, que poucos têm, de ler a verdade por trás das palavras dos outros. Aliás, dos outros, não! Vive tinha aquela intuição, que poucos têm, de ler a verdade por trás das palavras de quem lhe interessava. E nunca havia se interessado tão intensamente por alguém como se interessara por Deinha. Interesse instantâneo. Confuso, guardou para si aquela sensação e saiu com Amália sem dizer palavra. Poucos dias depois, sem conseguir tirar Deinha de sua mente e sem paciência para esperar que Amália lhe fizesse outro convite para visitar a amiga, sugeriu:

— Amália, vamos visitar Deinha de novo?

— Vive, Deinha é nove anos mais velha que você. Se avexe!

— Vamos, Amália! Só quero vê-la mais uma vez pra saber como está. Fiquei preocupado, não acreditei quando disse que está bem.

— Deinha sabe se cuidar, não precisa se preocupar, Vive.

Mas ela acedeu, e foram mais uma vez. E outra. E outra. E muitas vezes mais. Em nenhuma delas cruzaram com o marido Gílio. Deinha estava sempre só. Sempre sorrindo, sempre se mostrando contente ao ver Amália e Vive, mas sempre com certo vazio no olhar, o que não passou despercebido ao rapaz.

Depois de um tempo, passou a visitar Deinha sozinho. Tornou-se obsessão o rosto daquela mulher intrigante. Forte, mas presa a uma vida que certamente não a fazia feliz e que certamente não era a que um dia sonhara. O que a prendia ali, então? Pensava nela dia e noite. Imaginava conversas. Ria sozinho de suas histórias.

Respondia em silêncio perguntas que imaginava ela lhe fazendo. Arquitetava assuntos para discutirem. Ansiava por novos encontros. Inventava desculpas para ir à casa da amiga. Até que se deu conta e se assustou: estava apaixonado por Deinha. E tentou esquecê-la.

Somos amigos, por Deus! E, pior, ela é nove anos mais velha que eu. Nove anos! Impossível. Seria inaceitável pra quem quer que seja. Imagino que complicação!, repetia para si.

Mas não conseguiu abandonar aquele sentimento. E, no dia anterior a seu retorno a Salvador e à faculdade, bateu à sua porta.

A PROPOSTA

— Oi, Vive! Não te esperava por aqui hoje. Já não é hora de você voltar pra tua Bahia?

— Volto amanhã. Vim porque preciso conversar com você, Deinha.

— Conversar comigo? Isso está com cara de coisa séria, Vive. Alguma coisa com Amália?

— Não. Amália está bem. Preciso falar é com você mesmo.

— Vixe! Você parece nervoso. O que quer falar de tão importante assim comigo? Espera! Senta primeiro que vou pegar uma limonada pra gente. Está quente demais.

Vive sentou na poltrona de couro chique, barulhenta e desconfortável. Tocou o vaso feio, de vidro grosso e retorcido em cores berrantes, sobre a mesinha de centro. Olhou os móveis de madeira escura, pesados como elefante preso em gaiola pequena. Tudo feio. Aquelas coisas ditas modernas não o atraíam.

Quanta bobagem! Pra que seguir essa tal da moda, que muda a toda hora, fazendo pessoas comprarem e recomprarem roupas e móveis desconfortáveis? Pra que se prestar a isso?, pensou.

E tudo aquilo fazia parte do que vinha rodando em sua cabeça nos últimos dias. Secava nervosamente as mãos na calça quando Deinha retornou com a bandeja.

— Fale, Vive! O que quer me dizer de tão importante?

— Deinha, tenho pensado muito em você.

Ignorou a expressão de espanto da amiga e continuou:

— Eu não gosto de rodeios, então vou direto ao assunto. Estou preocupado com você.

— Comigo, Vive? Preocupado comigo por quê?

Mais uma vez, Vive a ignorou.

— Eu sei que, tanto quanto eu, você já percebeu que nós dois criamos um laço forte e importante. As pessoas podem dizer que nos conhecemos há pouco tempo, e isso é verdade. Mas, Deinha, eu te conheço. Mais do que qualquer outra pessoa desse mundo, e muito mais do que você possa imaginar, eu te conheço. Sinto como se nos conhecêssemos há anos.

— Vive, que conversa estranha essa tua!

— Tudo bem, não vou mais ficar de enrolação. Tem uma coisa atravessada aqui na minha garganta há dias e, se eu não puser logo pra fora, vou engasgar. Eu sei que você não é feliz, Deinha!

Deinha arregalou os olhos, espantada e confusa. Assustou-se com o que ouviu. Aquela afirmação foi facada certeira, bateu direto no estômago. Porém, não podia negá-la. Mas a ousadia de Vive estava indo longe demais, e ela não podia ceder assim, de pronto. Era muita petulância! Com que autoridade ele podia atravessar sua alma daquela maneira, esparramando-a como líquido no chão?

Quase gaguejou:

— O que é isso, Vive? Que ousadia é essa? Quem você pensa que é, pra afirmar uma coisa dessas?

— Pode ser ousadia, sim. É ousadia! Mas ouso porque sei que é a verdade! E por mais que você tente disfarçar, sei que não é feliz. Eu te conheço. Agora, o que importa, Deinha, é que você não é, mas ainda pode ser feliz. Estou apaixonado por você e sei que você também tem afeição por mim. E tenho uma proposta pra te fazer: largue seu marido e venha embora comigo.

Deinha o escutou com os olhos arregalados, as sobrancelhas erguidas. Não podia acreditar no que estava ouvindo.

— Você está maluco, Vive? Como, então, vou largar meu marido e minha vida estável pra viver com um estudante? Um estudante, Vive, é o que você é!

— Por enquanto!

— Ainda por cima, um estudante quase imberbe, nove anos mais novo que eu! Nove anos, Vive!

— Você tem vergonha de diferença de idades, Deinha?

— Não, não tenho vergonha de diferença de idades, Vive! Mas, se tem uma coisa que eu tenho nessa vida, é cabeça! Entendeu? E sabe o que mais? Se quer ficar comigo, Vive, cresça! Cresça e apareça!

Empurrou-o para fora de casa e bateu a porta com o coração acelerado, o rosto quente, a respiração curta. Recostou-se na parede, apoiando-se para não desabar, e deslizou até o chão. Ficou ali, sentada, não saberia dizer por quanto tempo.

Será que ele percebeu? O que significa isso, meu Deus? Que insanidade é essa? Como Vive pode ter lido tão claramente o que se passa dentro de mim? E por que fiquei tão mexida com o que ele falou? É porque ele tem razão, tenho que admitir. Sim, fiquei mexida porque ele tem razão, é isso. Como é difícil ouvir, de forma tão direta e brutal, em voz alta e pela primeira vez, o que escondo há tanto tempo de mim mesma! E ouvir de um menino! Parecia eu falando comigo mesma.

Deslizou mais ao chão, fechou os olhos e quase sorriu.

E o pior é que não foi ruim. O pior é que gostei de ouvir tudo o que Vive falou. Meu Deus, será possível acontecer algo assim nessa altura da minha vida, na minha idade? Mas não sou velha! Minha Nossa Senhora, nem tenho trinta anos! Mereço viver, mereço ser feliz. Meu Deus! O que diria Gílio? O que diriam todos de Beira Alegre? Isso é loucura! Vive é louco! E eu estou louca!

Ainda ofegante, se levantou.

Vou tomar um banho pra ver se minha cabeça sossega.

Mas os pensamentos continuaram a lhe alvoroçar a mente.

Gílio não me maltrata, tenho que reconhecer. Ao contrário, me respeita (quando aparece) e me dá conforto, luxo e prestígio na sociedade beiro-alegrense. Tantas invejam minha posição! Ah, se soubessem! E o que eu poderia alegar a ele, como motivo para a separação? Não! Seria muita loucura! Meu Deus, como é difícil reconhecer que não somos felizes! E como é difícil até mesmo perceber que não somos felizes! Como não percebi isso antes? Ou por que menti pra mim mesma esse tempo todo? Tenho que reconhecer que, quando estou com Vive, me sinto feliz e relaxada como há muito não me sentia. E que adorei a proposta dele, adorei a declaração de amor que ouvi. Que tapa na cara foi aquele! Mas adorei. Adorei esse sopro não sei de quê. De esperança? Mas esperança de quê? O que eu posso esperar? Ou é pura excitação? Não importa! O que tenho que reconhecer é que, quando estou com Vive, volto a ser a antiga, a verdadeira Deinha. Essa que está sufocada há tanto tempo que eu nem lembrava mais que existia. De que adiantam meus discursos de liberdade e autorrespeito se não pratico para mim mesma nenhum dos dois? Em que me transformei? Cadê eu? Onde estive esse tempo todo?

Mas nove anos mais novo???? O que diriam meus pais? O que diria a sociedade beiro-alegrense? O que diria a família de Vive, aquela gente que ele descreve como abastada, mas preconceituosa e presa às regras que o ridículo bom costume impõe? Será que dei alguma esperança a ele ao lhe dizer para aparecer? Ou será que o desestimulei, cortei de vez qualquer esperança que ele pudesse ter? E o que eu quero, afinal de contas? Quero que ele se vá ou que ele volte e insista?

Tinha medo de dizer em voz alta, ou de sequer pensar o que realmente queria. Precisava falar com Amália! E rápido! A amiga saberia as coisas certas a lhe dizer.

— Você está louca????? — gritou Amália. — Separar de Gílio pra viver com um estudante que não tem nem onde cair morto, Dé?

Deinha se espantou. Não era o que esperava ouvir da amiga. Mas logo Amália caiu na gargalhada e continuou:

— Mas o que é a vida sem loucuras, Deinha? Vai fundo! Gílio não é de todo mal, mas não te merece, minha amiga.

— Será, Amália? Será que em pouco tempo eu não daria com os burros n'água? Vive é quase menino.

— Meninos crescem, Deinha! E pense: você vive tão só nesse casarão vazio e triste. De que adianta tanto luxo, Dé? Eu nunca mais tinha visto, mas agora estou vendo a Deinha que conheci e sei que você é. Essa tua vida está te secando, minha amiga! E eu conheço Vive. Pode ter certeza, ele não é de dizer nada da boca pra fora. Ele tem caráter. Se diz, é porque está mesmo apaixonado, e muito apaixonado, por você.

— Será mesmo, Amália? Sei não. Menino desse jeito, quem sabe como estará daqui a alguns anos!

— Acredite: Vive sabe o que quer. Se você disse a ele: "cresça e apareça!", ah, Dé, pode ir preparando tuas malas, porque daqui a pouco ele vai bater na tua porta com uma carruagem dourada pra te levar ao paraíso. Se é que existe algum paraíso nessa vida, né, minha amiga?

— Pare de romantizar tudo o que vê, Amália! A vida não acontece como nesses filmes melosos que você assiste! E pare de brincar! Estou falando sério! Me ajude! Estou completamente perdida! O que devo fazer? Meu Deus, me dá uma luz!

— Meu Deus digo eu, Dé! Deixa de ser tonta! Veja como você tem sorte! Queria eu estar na tua pele e ter um homem como Vive apaixonado por mim e me oferecendo uma aventura como essa. Aliás, apaixonado, não! Loucamente apaixonado! Eu largava tudo e ia com ele sem pensar. Aceite o convite de Vive!

— Amália, vão me difamar de todas as formas.

— E o que você deve a esses desaforados, insolentes, desavergonhados...

Deinha cortou a amiga:

— Você tem toda razão, Amália. Realmente, o que devo a essa gente que nunca me olhou reto? Sei que me tratam bem, me adulam, mas não fosse eu esposa do deputado Gílio, a coisa seria bem diferente. Sei que invejam minha posição e rezam pra que possam tomá-la de mim algum dia.

Desejava com todas as forças abandonar tudo e ir com Vive. É certo que temia deixar toda uma vida para trás, segurança, família, os poucos amigos. Mas o que deslumbrava à frente era tão mais forte, tão mais verdadeiro!

E Deinha cedeu.

O CONFLITO

Passaram a trocar cartas, que vinham se tornando cada vez mais frequentes e apaixonadas. Declaravam-se, confessavam o que jamais haviam confessado nem a si mesmos, e se entregaram de corpo e alma àquela paixão.

Três anos era o tempo para Vive terminar a faculdade. Três anos para ele "crescer e aparecer". Tudo em segredo. Por ora, ninguém poderia saber de seus planos. Deinha voltou a se sentir mulher, feminina, pessoa inteira. Voltou a sentir o que sentiu quando Gílio lhe propôs casamento, quando ainda acreditava que com o marido teria a felicidade que sempre sonhara. Não, aquilo não era verdade — não voltou a sentir o que sentiu quando Gílio lhe propôs casamento! O que sentia agora era muito mais. O que sentia agora era realidade, não era esperança e ilusão. E torcia para que aqueles três anos corressem, passassem em segundos. Sabia que enfrentariam o mundo contra eles. As sociedades baiana e pernambucana jamais os perdoariam, seriam alvo de chacota, menosprezo e agressões. Conversaram, pesaram prós e contras, ponderaram o que seria o mais sensato e decidiram ir para longe.

— O Rio de Janeiro seria perfeito pra nós, Deinha. Ninguém nos conhece por lá. E em cidades grandes ninguém tem tempo de cuidar de vida alheia, como em Beira Alegre ou na Bahia. Vamos para o Rio!

— Sim, Vive, vamos para o Rio. É o melhor a fazer.

As cartas eram um consolo para os longos três anos de espera. À Amália e à irmã Nininha, as únicas que partilhavam sua aventura, era concedida a graça de lê-las, ou melhor, de ler alguns trechos.

Nas poucas vezes em que alguma nuvem mais acinzentada sobrevoava a cabeça de Deinha, ela corria para uma das duas.

— Nininha, minha irmã! E se ele não volta?

— Volta! Te garanto que volta, Dé! Li as cartas. Paixão como a dele nunca vi nem em romance. Aquele ali já não vive sem você, pode acreditar!

— E se conhece outra mulher, moça mais jovem, bonita, talvez estudante como ele? Vive é bonito demais pra passar despercebido e sem cobiça de mulher.

— Já te disse, Dé! Te garanto que isso não acontece. O homem não fica um dia sem te escrever cartas! Escreve o que te digo: esse não vive sem você.

— Que você tenha razão, minha irmã! Por Deus, como fui me enrabichar por um menino de dezenove anos? Um menino!!!

— Como foi se enrabichar? Pois isso eu te respondo facilmente. Com sorte, Dé! Com muita sorte! E sorte misturada à tua coragem... Ah, minha irmã, não há como dar errado!

— É verdade, tenho muita sorte. E coragem também não me falta. Mesmo com medo, estou pronta pra enfrentar o que vier pela frente, pode acreditar. Estou apaixonada, Nina! O maior problema é que está cada vez mais difícil de esconder de Gílio. Tem horas que dá vontade de esfregar na cara dele que estou feliz, sabe? De dizer que logo, logo não preciso mais aguentar a postura desrespeitosa dele. Já pouco me importa se chega altas horas da noite sem dizer palavra. Mas que me dá vontade de jogar tudo na cara dele, ah, isso dá! Como pude tolerar, e por tanto tempo, essa vida que eu levava, Nininha?

— Sociedade, minha irmã. E uma sociedade preconceituosa como a de Beira Alegre não é fácil confrontar. A gente termina sufocando tudo o que importa só pra não confrontar. E até esquece a diferença entre o justo e o injusto.

— É verdade! Sociedade preconceituosa! Imagino como vão receber essa notícia! Essa gente não vai aceitar isso fácil. Vão me massacrar!

— Pois deixe que te massacrem! Quem são eles pra aceitar ou não o que você faz ou deixa de fazer da própria vida? Não está mexendo com a deles! Pior, Dé, é que se você oferece seu lugar a qualquer um, todos correm a aceitar, te garanto. Larga essa gente de vez! Não te merecem. Só querem saber de conxambranças!

— É verdade. Quem não ia querer viver uma história dessas, né?

— Talvez nem a freirinha Idalva? — respondeu Nininha, rindo com sarcasmo. — Aquela não me engana!

— Nininha, sua tonta! Você que não se cuide! Não use de ironia com freiras! Nem mesmo com a Irmã Idalva! Isso é heresia, minha irmã.

— Heresia, sim, mas misturada com uma boa dose de verdade.

E fizeram, ambas, o sinal da cruz. Às gargalhadas.

A felicidade de Deinha, com toda a mudança que estava lhe acontecendo, era incomensurável. Deinha brilhava.

Mas vivia ao mesmo tempo uma profunda tristeza. Estava angustiada por deixar para trás sua irmãzinha caçula. Nininha estava doente. Lepra. Era tratada como rainha. Graças a Deus, nada lhe faltava. Mas estava condenada ao isolamento, ao preconceito e à dor de conhecer seu tão precoce fim.

— Amália, como posso abandonar Nininha? Ela praticamente só tem a mim. Nenhum amigo que a conforte, com quem divida suas dores, seus conflitos, suas ideias, suas opiniões. E tem tantas, Amália!

— Deinha, Nininha não se perdoaria se você não seguisse com sua vida por causa dela. Você sabe disso. Se você não for embora com Vive, ela jamais se perdoará.

— Tem razão! O pior é que você tem razão! Mas está sendo doloroso demais pra mim.

— Eu sei. Sei que não é fácil. Mas quem sabe um milagre não acontece! Quem sabe não descobrem esse bendito remédio e Nininha se cura! Aí você vai poder levar sua irmã para o Rio, Déia. E enquanto isso não acontece, hum, conheço bem as duas. Vão se escrever cartas sem parar. Sua irmã é igual a você, adora uma pena e um papel. Só não sei como vão se virar pra arranjar baús grandes o suficiente pra guardar tantas cartas!

Deinha não conseguiu rir da brincadeira da amiga. Só rezava pelo milagre da cura. Rezava por Nininha, rezava por si mesma, rezava por Vive. Rezava. Não havia outra solução, teria que viver sem a doçura dos gestos, palavras e olhar de sua Nininha.

A DECISÃO

Vive repetia infinitas vezes, para dar alento a Deinha, que a vida no Rio de Janeiro seria perfeita. Mas o que a animou de verdade foi receber a carta em que ele contava de seus contatos.

Minha Déia querida!
Tenho ótimas notícias! O Rio de Janeiro já está sendo perfeito pra nós, meu amor. Fiz alguns contatos e já tenho trabalho por lá. Consegui com o colega de um de meus professores aqui da faculdade, que me indicou. Não te disse? O Rio tem ótimo campo pra dentistas. E em cidade grande como o Rio, Déia, passaremos despercebidos, ninguém terá tempo nem interesse em nossa vida. De lá você pode escrever para sua mãe, sua irmã, pra Amália. E, com sorte, poderemos pagar alguns telefonemas para você falar com elas. Vai ser bom para nós, você vai ver!
                                                                    Vive

Sim, Vive. Vai ser bom, sei disso. Já estou tranquila de que é o melhor a fazermos. Vamos para o Rio. Está decidido.
                                                                    Déia

Poucos meses antes da formatura na faculdade de odontologia, combinaram que ela falaria com Gílio, para então confirmarem o dia da viagem para o Rio, que já haviam predeterminado. Amália e Nininha continuavam sendo as únicas que sabiam dos planos dos dois e os ajudavam como podiam. A mãe de Deinha entenderia e apoiaria a filha, não havia dúvidas quanto a isso. O pai, sempre ausente e desinteressado, seria facilmente dobrável. Ao irmão, Otávio, preferiu deixar pra contar depois. Otávio era escandaloso, sempre se metia a resolver problemas sem que os problemas solicitassem sua ajuda. E da maneira que tentava, muitas vezes trazia novos problemas, em vez de consertar o primeiro. Não! Melhor seria deixar Otávio quieto, contar depois. Mesmo porque, com certeza, ele a adorava e também a apoiaria. O problema seria a família de Vive. Deinha temia por ele. Seria deserdado? Isolado em solidão? Sofreria? Mas ela e Vive estavam decididos a enfrentar quaisquer desafios que surgissem à sua frente.

— Amália, minha amiga, chegou a parte mais difícil. Tenho que conversar com Gílio e dizer que quero o desquite. Estou nervosa! Será que ele vai resistir? Se sentir ultrajado, humilhado? Será que vai ficar agressivo? Ou não vai concordar? Como será que Gílio vai reagir?

— Agressivo, não, Deinha. Não é o perfil de Gílio. Humilhado e ultrajado, talvez. Tudo é possível, minha amiga. Aquele ali é puro orgulho desde a escola, a gente sabe bem disso. E não tem jeito, mesmo. Você vai ter que enfrentar seu marido.

— Sim, não tem jeito. Estou muito nervosa, Amália, muito nervosa. Mas tenho que encarar Gílio. E vai ser hoje!

Não conseguir prever a reação do marido chocou Deinha. Ela se surpreendeu ao perceber que sequer conhecia o homem com quem dividira sua vida até então. Eram incríveis as descobertas que vinha fazendo de si mesma. Quem era Gílio? Em que ponto deixara de ser a pessoa que era de verdade? Quantos sustos precisava para se reencontrar, para se fazer respeitar e se dar o direito de ser quem realmente era? Quem era Gílio? As perguntas que surgiam à sua cabeça eram novas para ela. Jamais havia cogitado a possibilidade de passar pelo que estava passando. Mas, apesar de todos os temores, não podia negar que era especialmente excitante passar por aquele turbilhão. Pela primeira vez, depois de muitos anos, sentia-se viva de verdade. Ou talvez pela primeira vez desde sempre. E quando o marido chegou à noite, sabe-se lá de onde, quando já estava com copo e jornal na mão, Deinha foi ter com ele:

— Gílio, precisamos conversar.

— O que é, Déia? Fale! — respondeu Gílio em monotonia, sem tirar os olhos do jornal.

— Você sabe que estamos casados no papel, mas você tem sua vida e eu a minha, não é? Nunca tivemos uma vida a dois de verdade. Eu vivo só, Gílio, nesse casarão frio e vazio. Quase sem amigos, sem vida. E sou jovem, mereço ter uma vida plena, mereço ser feliz.

— Que conversa é essa, Déia? Desembuche e diga logo o que quer!

— O que quero lhe falar é que conheci outro homem, Gílio. Um que vai me fazer feliz.

— É mesmo, Deinha? — disse Gílio, rindo do ridículo da esposa.

— E combinamos de viver juntos.

— É mesmo??? E???

— Quero me desquitar de você.

A apreensão inicial de Deinha não se justificou. Ela se surpreendeu com a reação de Gílio. Imaginou que ele ao menos simularia algum desconforto, fingiria recusar o desquite para então ser "convencido" a ceder, gritaria impropérios argumentando não aceitar ser pivô de um escândalo na sociedade, porque, afinal, tinha um nome e uma posição importantes a zelar. Mas não. Ele apenas largou o jornal, coçou lentamente o queixo e, com uma expressão de escárnio, lhe respondeu, calmo, com o máximo de ironia que conseguiu imprimir à voz, e encarando-a friamente:

— Como queira, minha querida esposa!

E, como para prolongar o desconforto de Deinha, deu um gole no uísque, rodou devagar o copo em sua mão, admirando o líquido amarelo brilhante, pousou-o devagar e calmamente na mesinha ao lado, dobrou lentamente o jornal, suspirou fundo, mediu as palavras e a olhou em silêncio por alguns instantes, sorrindo.

— Vamos fazer o seguinte: deixe a casa para mim, sem me criar problemas, e lhe dou o desquite a hora que quiser. Ainda faço melhor, Deinha, providencio que o pessoal do cartório acelere a papelada para que o desquite saia o mais rápido possível. Está bem assim? Só não me crie problemas!

Continuou olhando-a por um momento com frieza, degustando o desconforto da esposa. Então balançou a cabeça, como quem se diverte com a travessura de uma criança, abriu o jornal, tomou o copo nas mãos, deu outro longo gole, estalando a língua, e completou:

— Você que enfrente o que tiver que enfrentar!

Soltou uma gargalhada curta e voltou os olhos para o jornal, ignorando-a por completo.

Deinha mal acreditou no que viu e ouviu. Anos de convivência, e era isso que seu marido tinha a lhe dizer. Mas não tinha tempo nem vontade de se ofender. Ao contrário, ficou feliz, porque estava diante de mais uma prova de que se separar de Gílio era a decisão correta. Correu para a escrivaninha e, exultante, escreveu a Vive comunicando-o que estariam livres do marido em menos tempo do que imaginavam. O futuro ex-marido era influente e certamente conseguiria acelerar os documentos para o desquite. O carteiro passaria no dia seguinte para recolher a correspondência de saída e entregar a de chegada, e ela já estaria na porta, à espera dele, com sua carta nas mãos. A ânsia da espera para que Vive recebesse a boa notícia e ela recebesse sua resposta era insuportável. Levaria alguns dias e ela não se continha. Tentava se ocupar planejando a mudança para o Rio. Queria tanto falar pessoalmente com ele, mas era inviável.

Na manhã seguinte, chamou Amália:

— Venha até minha casa agora! Conversei com Gílio. Você não vai acreditar! Venha correndo, aqui te conto tudo.

Amália correu à casa da amiga e ouviu, surpresa, esta lhe contar com detalhes a conversa com o marido.

— Não acredito nisso, Deinha! Que atitude mais estapafúrdia! Quem diria! O miserável do Gílio, sempre tão previsível, dessa vez conseguiu surpreender até mesmo a mim!

— Enfim, ele não deu a mínima e ainda vai acelerar o desquite, Amália! Antes assim! Não nos causar problemas já seria suficiente, mas acelerar os papéis do desquite é muito melhor do que imaginávamos.

— Ahhhhhh! Os deuses estão ao seu lado, Dé! E quando os deuses conspiram, minha amiga, não é aconselhável ir contra a vontade deles! É sempre bom ter muito cuidado. E deuses não dão presentes assim de graça, não, Déia! Temos que respeitá-los quando dão, porque, se não aceitamos... já pensou se se zangam, dão troco feio e...

— Deixe de brincadeira, Amália! — interrompeu-a Deinha. — Vamos ao que importa. O bom agora é que Vive e eu vamos poder manter a data que pensávamos pra nossa ida pro Rio de Janeiro. Escrevi pra ele ontem mesmo, devo receber resposta em poucos dias. Daí confirmamos tudo. Não conte a ninguém! Pelo amor de Deus, não conte a ninguém! Mamãe já sabe. Contei pra ela anteontem. E olha que incrível: ficou triste de eu ir embora de Beira Alegre, claro, mas adorou minha decisão! Disse que a vida é pra ser vivida.

— Como adorou assim, de cara? Sem falar nada, sem se preocupar, sem perguntar quem é Vive e como você vai fazer com Gílio????

— Mamãe acompanha minha vida, Amália. Aquela ali percebe as coisas de longe, só no cheiro. Ninguém tem aquele faro dela, não! O caso é que, como não é de falar muito, pouca gente nota tudo o que ela já sabe antes de todo mundo. E há meses vem insinuando de leve que meu casamento com Gílio não é o certo pra mim, você acredita nisso? É danada, aquela ali! Não gosta de Gílio, nunca gostou. E adorou Vive.

— Como adorou Vive, Deinha? Quando se conheceram? E como não estou sabendo disso? Olhe, que isso é traição! Não se omite da melhor amiga uma informação dessas! Aliás, mais que melhor amiga! Cúmplice! Quando sua mãe conheceu Vive?

— Ah, Amália! Você sabe de tudo sempre! Deixe de ser boba. Mamãe conheceu Vive ainda nas férias, num dia que ele estava de visita aqui em casa e ela passou rápido pra me deixar uma torta. Mal se conheceram, foi bem rapidinho. Mas me deu aquela piscadinha típica dela, sabe? Aquela que sempre dá quando gosta de alguma coisa ou de alguém. É o faro dela, estou te falando!

— Estou de onda, Deinha! Conheço Dona Analu. Sua mãe sempre foi surpreendente, mesmo! Era de se esperar que reagisse assim.

— Pois é. Deve ser coisa da gente dela, né? Deve estar no sangue.

— Com certeza! Coisa de sangue. Dizem que os índios têm um décimo sentido. E claro que não conto a ninguém, Déia, pelo amor de Deus! Pode deixar! Nem precisava pedir uma coisa dessas.

— Eu sei, Amália! Me desculpe! É que estou nervosa, aí fico falando o que sei que não tem necessidade falar. Bem, mamãe e Nininha são as únicas que sabem, além de você. Já falei pra elas que é importantíssimo que não contem a ninguém! Deixemos que a bomba estoure pros fofoqueiros se divertirem quando eu já estiver longe daqui.

Amália riu.

— Não são só os fofoqueiros que vão se divertir, não, Deinha. Eu também vou me divertir muito, minha amiga, vendo a inveja deles nas fofocas e maledicências que vão espalhar. Ah! Vou adorar as caras invejosas desses faladores praguentos!!!!

— Bem, deixemos esse pessoal desocupado de lado, Amália. Agora preciso que você me ajude a organizar as coisas pra viagem. Estou nervosa demais pra fazer tudo sozinha!

As duas amigas pararam e se olharam, caladas, por alguns segundos. E, com os olhos encharcados, correram e se abraçaram.

— Como vou sentir sua falta, Amália! Não acho outra amiga como você!

Choraram juntas, mas por pouco tempo. Tinham que se apressar, organizar a bagagem. Deinha teria que levar o mínimo possível, porque não sabia exatamente o que a esperava no Rio de Janeiro. Juntaram poucas roupas e sapatos, o perfume preferido, cartinhas especiais e poucas lembranças.

— Vive me garantiu que inicialmente viveremos bem, mas sem luxo. Apenas com o estritamente necessário. Mas também me garantiu que não demoraremos a ter o conforto que eu mereço. Foi assim que ele falou, Amália: "que você merece". Não é lindo?

— Lindo! Vive é bom! E acredito nele, Dé! Esse homem não é bobo e não dá ponto sem nó. Logo logo vocês estarão muito bem acomodados no Rio de Janeiro, pode ter certeza disso!

— Também acredito, Amália. E a verdade é que nada me importa mais, além de sair desse casamento que me sufocava, me secava, pra viver meu amor com Vive. É isso, é somente isso que me importa. Você tinha toda razão. Eu não merecia a vida que Gílio me dava.

— Bendita a hora em que te apresentei aquele "moleque quase imberbe", hein, Deinha? E bendita a hora em que não dei ouvidos às tuas reclamações — riu Amália.

— Nem me fale, Amália! Estou morrendo pela boca! Mas também, quem poderia imaginar algo assim! E ele era um menino quase imberbe, mesmo!

As duas amigas se abraçaram novamente. E choraram o melhor dos choros: o da alegria.

Chegava, enfim, o dia da partida. Combinaram de Alfredo, namorado de Amália, levar Deinha à rodoviária.

— Alfredo tem bom carro, Deinha, e não é o caso você pedir ao motorista de Gílio que te leve. Falo com ele hoje e te levamos à rodoviária.

— Fale com ele ainda hoje, sem falta, Amália! Não enrole! Não vamos arriscar que ele tenha compromisso justo no dia de minha viagem.

— Fica tranquila! Falo com ele. Alfredo estará disponível.

Amália prometeu, mas fez diferente. Poucos dias depois, e apenas poucas horas antes da partida da amiga, foi ter com o namorado.

Deixou para a última hora para não dar tempo do outro raciocinar (Amália tinha seus métodos).

— Alfredo, precisamos do seu carro.
— Pra QUÊ, Amália?
— E precisa saber pra quê, Alfredo? Não confia em mim?
— Não!
— Exato! Pega as chaves, então.
— Amália, você não se endireita! O que será que está aprontando dessa vez? — Mas pegou as chaves, rindo.

Entraram no carro e, então, Alfredo entendeu. Ficou feliz ao passar na casa de Deinha, com Amália ao lado, para tirá-la de Beira Alegre. Gostava da melhor amiga de sua namorada, que virara sua amiga também. Deinha trazia apenas duas malas, não grandes. Seguiria para Salvador. De lá, já com Vive, partiria para sua nova vida.

O ano era 1931 quando aportaram no Rio de Janeiro.

O RIO DE JANEIRO

Rio de Janeiro, 1931

Deinha chegou ansiosa à nova cidade. Degustava a certeza de que escolhera o caminho certo para sua vida. Uma certeza que a alimentava, que a iluminava. Deinha era só luz. Saboreava a sensação, nova para ela, de que, pela primeira vez, era senhora de sua própria vida, comandante única de suas rédeas, detentora de seus desejos, livre para amar seu amor do jeito que queria amar seu amor, sem dar satisfação para ninguém, sem se preocupar com olhares acusadores ou línguas invejosas. E Vive se encantava com a mulher forte, espirituosa, inteligente e corajosa a seu lado. Ria de sua coragem.

— Você é ousada demais, Deinha! Nunca ninguém se atreveu a falar comigo assim desse jeito, saiba disso!? Nem sei se me chateio ou não — brincava ele.

— Se chateie, não, Vive! É alegria. E intimidade sempre termina em ousadia.

Riam. Sempre riam.

O apartamento era mínimo no tamanho, mas para eles era palácio.

— Esse apartamento aqui, Déia, pra entrar o sol, precisamos sair.

E riam. Sempre riam.

Era no terceiro andar de um prédio sem elevador.

— Que bom! Assim você se exercita, Deinha. Subir escadas faz bem pro coração. Aquela tua vida sedentária em Beira Alegre ia terminar te fazendo mal.

Não podiam estar os dois ao mesmo tempo na cozinha, pois ali não cabiam.

— Assim ficamos sem comer, Vive. Não há espaço para cozinhar. Se chegue pra lá, me desgrude um pouco. Vá para a sala, vá!

A cama, estreita para duas pessoas, tinha para eles o tamanho ideal.

— Aqui você não tem como fugir de mim, minha Deinha! Que sorte eu tenho! Como é bom dormir aconchegado assim a você, meu amor!

O bairro não era nobre, como o da casa de Deinha em Beira Alegre ou o de Vive em Salvador, mas admiravam as belezas só vistas por eles.

— Olhe como temos sorte, Vive! Que árvores lindas temos em nossa rua. Mês que vem dão flor. Vão embelezar tudo ainda mais.

Não precisavam de nada, além de um do outro. Deinha escrevia cartas todos os dias. Cartas e mais cartas transbordando felicidade.

— E ainda tem mais uma coisa, Amália! Tem uma mercearia perto de nós que tem telefone, acredita nisso? Os donos são um casal, e eu fiquei muito amiga da mulher, Dona Conchita. Trocamos receitas, ela me dá dicas da cidade, falamos de nossas vidas. E o marido cobra pouco pelos telefonemas, além da chamada em si, claro. Mas você acredita que, quando ele não está, ela não me cobra? Manda eu correr dali depois de usar o telefone para que ele não me encontre e descubra! Às vezes tem fila para usar o aparelho, mas Dona Conchita sempre me dá preferência, porque ficou muito tocada com nossa história e diz que admira muito nossa coragem. Enfim, vamos poder nos falar de vez em quando, Amália! Não muito, claro, porque senão não comemos (com a gente ainda é ou comer ou telefonar para Beira Alegre). Ontem conversei rapidinho com Nininha e mamãe. Como foi bom ouvi-las! Quantas saudades!

Vive e Deinha viviam felizes. Naquele apartamento minúsculo, sem cores berrantes nas paredes, sem vasos enormes com desenhos duvidosos servindo de decoração, sem esculturas cafonas retorcidas, sem cortinas esvoaçantes presas por escandalosas e feias garras metálicas, havia música. Pois dos poucos pertences que trouxe de Salvador, Vive fez questão de trazer o piano. E ali, naquele palácio, com todo o luxo de que precisavam, Vive tocava. Tocava. Tocava.

E riam. Sempre riam.

Tudo era novidade, surpresa e alegria. Às vezes temeroso, como podem ser temerosas as cidades grandes para um casal recém-chegado de cidade pequena. Mas nada que os intimidasse.

Deinha repetia nas cartas à irmã e à amiga:

O Rio de Janeiro é mesmo deslumbrante! Não é boato o que se ouve sobre essa cidade. É de uma beleza de fazer o queixo de qualquer um cair, e isso não é exagero! Aqui faz menos calor que em Beira Alegre, mas ainda assim é bastante quente. Nosso apartamento é uma belezura, você precisava ver. Minha vida aqui é muito mais simples do que era em Beira Alegre, mas é tão mais rica! Essa é a pura verdade, acredite. Como é engraçado perceber que isso é possível! E como é engraçado não ter percebido isso antes e ter me acomodado à Deinha que não sou, que nunca fui e jamais seria! Contar moedas tem sido uma diversão, acredita nisso? Outro dia, na feira, pedimos maçãs e, quando fomos pagar, vimos que não tínhamos dinheiro suficiente. Que vergonha! Mas você acredita que nos divertimos com isso? Rimos tanto! O moço da venda gostou de nós e disse que podíamos levar as maçãs e pagar na outra semana! Incrível! Somos queridos nessa cidade. As pessoas são menos presas a ideias inúteis. Parece que não têm tempo pra isso. Meus valores mudaram. Meus olhares mudaram. Minhas antigas dúvidas sumiram (hoje tenho novas e deliciosas dúvidas). Vive e eu temos a vida que sonhamos. Ele me dá tanto, minha querida! E sei que também dou muito a ele! É como você insistia: casamento não é aquela solidão que eu vivia, de jeito nenhum. Casamento é o que vivo hoje, é dividir a vida, se respeitar, se divertir. Sim, se divertir! Aprendi agora que se divertir é fundamental. Estou muito feliz. Me escreva contando as coisas de Beira Alegre, dessa cidade da qual não sinto a menor saudade e já não sinto como minha! Essa gente já cansou de me difamar? Quem é o foco da fofoca da vez? E Gílio? Já evolui pra fase de ser encontrado desacordado na calçada, caído na cachaça, ou encontrou alguma bonitinha-trouxa-infeliz que pensa que é feliz só porque cuida dele? Me conte. Sinto saudades que fazem doer cada pedacinho de mim. Você existir faz minha existência ter sentido.

Todo meu amor,
Deinha

    Foram aos poucos se firmando, galgando degraus, conquistando espaços, ganhando confiança. E se conhecendo. Ah! Conhecer um ao outro era a melhor parte! Era a suprema alegria. Descobriam-se nos pequenos detalhes, nas nuances dos tons de voz, nos entreolhares, nas risadas soltas sem represas, nas admirações caladas, nos toques das mãos, nos silêncios compartilhados, nos carinhos ilimitados, na intimidade. Vive quase que lia os pensamentos e desejos de Deinha. E Deinha sabia, por intuição, o que Vive desejava ou temia ou sonhava. E riam de suas idiossincrasias.

— Deinha, você precisa mesmo parar pra falar com tanta gente assim, meu amor? Em toda esquina tem que tirar um dedo de prosa com alguém? Não conseguimos ir daqui pra ali, por mais pertinho que seja, sem desperdiçar tempo. E como conseguiu fazer tantas amizades assim em tão pouco tempo no Rio? Precisa mesmo disso?

— Vive, deixe de ser tão sério, por Deus! As pessoas estão aí pra gente esbarrar nelas, conhecer suas histórias, contar a nossa, conversar, trocar ideias, não sabia? Conversar alimenta a alma! Renova o ar! Te abre um pouco, Vive!

— Me abrir pra quê, Deinha? Se me abro, arrisco entrarem. E tá aí um risco que não quero correr.

— Você não tem jeito mesmo, Vive!

E seguiam, rindo.

Ambos tinham consciência de que as perdas que tiveram ao abandonar suas cidades e famílias volta e meia os atormentaria. Mas aquilo não os abalava a ponto de sequer repensarem sua decisão. Vive não se conformava por Deinha, mais do que não ter sido aceita, ter sido peremptoriamente rejeitada por sua família. As três irmãs simplesmente deixaram de falar com o irmão.

— Aquela mulher aliciou nosso irmão! Agora ele vive amasiado com uma velha adúltera, prostituta desqualificada! — bradavam aos quatro ventos.

A sociedade baiana se escandalizava. Aquilo o magoava.

— Se alguém aliciou alguém, fui eu a você e não vice-versa, Deinha! Quem pensam que são? Mas não se preocupe, meu amor! Eu estou bem. Se não me apoiam, melhor que fiquem longe. Antes assim. Estou muito bem como estamos. E, com certeza, muito melhor que todos eles.

O pai não se manifestou, mas tampouco apoiou a decisão do filho — o que também o magoou. No entanto, Vive estava convicto de que jamais tomara decisão mais acertada. Estava com a mulher de sua vida. Vivia um sonho que jamais havia cogitado sonhar. E, caso houvesse cogitado sonhá-lo, jamais teria cogitado ser sonho possível de se concretizar. Agora entendia a permanente insatisfação que trazia dentro de si desde que se entendia por gente. Uma insatisfação indistinguível, que tanto o angustiava e cuja origem desconhecia. Um vazio que morava em seu estômago e trazia uma culpa, não sabia por que ou pelo quê. Talvez pelo privilégio que sempre lhe permitiu ter tudo o que quisesse à mão, sem precisar qualquer esforço? Talvez pela ausência da figura materna, pois sua mãe morrera dando-lhe à luz? Nunca saberia ao certo. Mas certo era que, com Deinha, aquele sentimento desaparecera por completo. Aquela mulher, com seu sorriso largo, sua língua afiada, sua percepção aguçada, sua inteligência rara, suas divertidas observações, havia dissolvido qualquer vazio, insatisfação ou culpa que o atormentasse. Vivia agora o conforto de uma relação sólida, apaixonada e segura. Vivia em paz. Sim, nunca teve tanta certeza de que encontrara o eixo e a razão de sua existência.

Meu pai e minhas irmãs que se danem!, pensava. Porém, não sem mágoa.

Chegar como forasteiros a uma cidade desconhecida fez com que seu mundo girasse exclusivamente em torno deles. Aos poucos, passaram a viver como se tivessem vivido juntos desde sempre. Viviam uma intimidade que Deinha jamais conhecera com Gílio.

Em suas trocas de cartas, confessava à Amália:

Como posso um dia ter pensado que aquela vida que eu vivia com Gílio fosse minimamente aceitável? Já te disse muitas vezes, mas tenho que repetir que você estava mais que certa, Amália. Casamento não é aquela solidão! Casamento é troca! Hoje vivo um casamento de verdade.

Deinha

Deinha querida!
Fico feliz por ti, minha amiga. Sinto tanto tua falta! Mas é por ti que te falo: não volte a Beira Alegre! Isso aqui de alegre não tem nada! As pessoas continuam a te crucificar, Dé. Mas não te importe, pois tudo não passa de pura inveja. Isso é porque você tem o que todas queriam, e como não conseguem ter, não admitem que você tenha. E, se chego perto, as hipócritas se calam, pois, se não, bem sabem aquelas infelizes o que ouviriam de mim.

Amália

Sei bem o que ouviriam, Amália. E não queria estar na pele delas nessa hora. Mas fale de você um pouco, minha amiga. Como andam as coisas com Alfredo? Já decidiu se casa ou não com ele? Olha, Amália, nós duas sabemos que Alfredo é louco por você e que não existe outro homem nesse mundo que ature tuas sandices. Tuas sandices não são pra qualquer um, Amália! E sei que você é louca por ele, também! Aceita logo a proposta dele e põe de uma vez esse anel no dedo! Deixa de ser besta! Eu, você, não largava do Alfredo. Pior é se chega uma aventureira qualquer e fisga o homem. Te avexe!

Deinha

Que aventureira que fisga Alfredo o quê, Deinha! Está louca! Alfredo é louco por mim. A paixão daquele ali só não é maior que a de Vive por você. Mas você tem razão, está na hora de eu tomar rumo. Sei que Alfredo vai me respeitar, não vai tentar cortar minhas asas. Esse sempre foi meu medo, você sabe. Mas vejo o respeito com que trata as irmãs e a mãe. Vou aceitar, sim, Deinha! Hoje vamos à festa de debutantes do clube (vou admirar os horrores das bruacas e depois te conto). Lá me achego ao homem, você vai ver. Me aguarde!

Amália

  E Deinha vibrou quando recebeu o convite de casamento da amiga. Ainda que soubesse que não poderia ir, vibrou.

NININHA

Em Beira Alegre, a amiga, a mãe e a irmã vibravam pela felicidade de Deinha. A cada chegada do carteiro percebiam, com alívio, que não haviam errado ao apoiá-la.

As cartas de Amália eram as que mais traziam as novidades de Beira Alegre (pudera! Nininha vivia enfurnada em casa e Dona Analu não se interessava por vida alheia).

Já as cartas de Nininha traziam delicadezas. A irmã, poetisa nata, contava que andava trocando correspondência com um tal Ernesto, editor do folhetim da cidade, que passara a publicar poemas seus.

A novidade por aqui é que meus poemas têm tido cada vez mais sucesso, Deinha! Isso é espetacular, não acha? Já recebi até cartas elogiosas de leitores. Imagina isso! Me faz tão bem, fazer algo proveitoso! Papai não dá muita trela pra isso, como era de se esperar, mas nossa querida mãe é só incentivos pra mim. Ernesto diz que gosta tanto do que escrevo que posso enviar tantos poemas quantos quiser que ele publicará todos. Vem dizendo que gostaria de me conhecer pessoalmente, Dé, e propõe que nos encontremos. Imagina! Queria poder conhecê-lo também, claro! Mas o que poderia eu lhe dizer? "Oi, Ernesto! Adoraria conhecê-lo também, mas tenho lepra! Está servido?" O homem certamente cairia duro pra trás, ou pior, faria cara de pena. E não suporto que sintam pena de mim, você bem sabe. Então dou desculpas e mais desculpas e ficamos nisso. É triste.

Mas há bênçãos nessa vida, Dé! Há você, minha amada irmã! Há nossa mãe! Tão dedicada a mim, é nossa mãe! Nesses últimos tempos tenho estado bem e tranquila, mas há momentos em que tudo fica difícil, o corpo todo me dói, me sinto fraca, sem energia. Porém, suas cartas me dão força, minha querida! Anseio por cada momento em que alguma delas chegará. Corro a abri-la. Leio com tanta avidez cada palavra sua que parece que o papel vira água, nele mergulho e me transformo em você! Rio com suas risadas, me emociono com suas emoções e me aterrorizo com seus temores. Você está em mim, te sinto em mim, minha irmã, assim como estou em você e sei que você me sente em você. Estou tão feliz por você e Vive! Como é bom acompanhar esse amor tão forte e verdadeiro! E rezo, rezo muito e muito forte, todos os dias, para que descubram a cura para meu mal e eu vá ter com vocês no Rio de Janeiro. Deinha, a Medicina está evoluindo e, quem sabe, ainda me curarei disso? (Ponho Medicina com letra maiúscula para que ela sinta meu respeito e, assim, quem sabe, corra e se empenhe um pouco mais para encontrar a solução de que tanto preciso). Imagina, Dé, como seria maravilhoso! Quisera eu poder viver a vida de verdade! Sentir o calor do sol, o frio da chuva em minha pele! Quisera eu correr solta por aí! Eu abriria os braços e estaria livre dessas ataduras que me prendem e me sufocam cada vez mais! Quisera eu! Mas não me revolto, minha querida. Faço repetidas vezes as milhões de perguntas que não me saem da cabeça e para a maioria das quais não encontro resposta. Será Deus a resposta, minha irmã? Terá Ele, realmente, determinado que minha história fosse esta? Mas então, pra quê? E por quê? A propósito de quê? Queria tanto entender! Mas não entendo. Realmente, minha querida, eu não entendo o porquê dessa vida.

Nininha

Deinha sempre chorava ao ler as cartas de Nininha. Consolava-a saber que a mãe estava a seu lado cuidando-a, amando-a, protegendo-a. Chorava, mas respirava fundo e seguia em frente. Não havia alternativa. Nessas horas, invariavelmente se recostava, pousava a carta no colo, fechava os olhos e conversava em silêncio com a irmã: *Minha querida, eu também não entendo o porquê dessa vida.*

AMÁLIA

As cartas de Amália eram bem diferentes das de Nininha. Com elas, Deinha ria de se dobrar. Vinham sempre cheias de palavras galhofeiras, fofoquinhas bem trabalhadas e um tanto quanto aumentadas. Amália maldizia sempre os beiro-alegrenses. Inventava palavras, destrinchava comportamentos, fuçava novidades para ter o que contar.

Gente torta que come escondido, pensando que comer sem ninguém ver não engorda.

Qualquer dia desses dou de doida e taco um rapé nas fuças de Teodora. Essa alargada dos ôncios que não me venha com seus não-me-toques, que parto pra cima dela!

Que não se atrevam a se meter em minhas coisas, que as entranças deles vão ter troco dos bons.

Que se metam a falar de ti na minha frente, Deinha! Dou-lhes o safanão que está preso aqui em minha mão há tempos, ó, e está doido que se dói pra poder sair sambando por aí.

Amália

Amália, você não muda! Continua a me fazer rir, graças a Deus!, pensava Deinha, sorrindo.

Amália não tinha limites e, apesar de ter fina educação e intimidade com a sociedade local, de ser bem-aceita em eventos sociais e ser filha de gente abastada das melhores famílias de Beira Alegre, tinha prazer em escandalizar, principalmente quem lhe tratasse com hipocrisia. E perdia toda a compostura quando se encontrava a sós com Deinha ou quando escrevia à amiga. Escrevia sobre os beiro-alegrenses de forma escandalosa. Reclamava com a amiga:

Não gosto dessa gente, Deinha. Parecem hienas à espera da próxima presa, quando já se deliciaram com a última. Pensam que me enganam com seus sorrisinhos hipócritas. Hipocrisia fede, e sinto seu mau cheiro de longe! Sorriem na minha frente, mas sei que me criticam por trás. E te criticam, também, até hoje! Sorte que ainda há uma ou duas que se salvam no meio da selva! Mas a maioria é para se cuspir.

Outro dia, Teodora, aquela do cabelo todo grudo, lembra? (continua a exagerar no gel, a pobre!), veio me falar que adorou meu vestido (um rosa abacate que minha mãe mandou fazer pra mim). Não me importa se abacate é só para o verde, Déia, não precisa me corrigir! Sei que você está rindo de mim agora, mas é rosa abacate, mesmo, porque aquele rosa ali... que mamãe não me ouça, deixou a desejar no tom. Pois bem, Teodora estava com Odete e Célia, como sempre, as três patetas juntas. Sabemos bem que essas três são famintas por constranger, não é? Foram elas que te destrataram quando souberam, não sei como, que você estava de partida para o Rio de Janeiro com Vive. Bem, o que aconteceu é que chegaram já prendendo o riso pra me elogiar, pra não dizer o contrário. Teodora, a sonsa, me perguntou: "Que vestido bonitinho, Amália! Cor delicada! Foi tua mãe que fez?". Ahhhhhhhh! Subi nas paredes quando falaram de minha mãe, Déia! Quem fala de mamãe aqui sou eu, ninguém mais! E não deixei passar! "Não, não foi minha mãe, não. Foi Lolô." "Quem?" "Ué! Lolô, não sabem?" Quando vi as caras curiosas das três, me empolguei. "Lolô, o estilista famoso da alta society de São Paulo, que está fazendo esse sucesso estrondoso. Vocês são bem informadas e sabem que a high society paulistana (falei assim mesmo, Déia, em inglês, só pra esnobar) só quer saber dele agora, não é, meninas? Está um horror de gente em cima do pobre. Coitado! Ele me disse que não aguenta mais de tanta encomenda. Não tem tempo de respirar, não tem sossego nem um só dia, porque toda a mulherada chique paulistana fica em cima, querendo um modelo exclusivo criado por ele. Pois é! Foi ele que desenhou pra mim e me mandou. Mesmo cheio de trabalho do jeito que está, ainda se preocupa comigo, acreditam nisso? Mas Lolô é assim mesmo." "Lolô? Que estilista é esse, Amália?" "Ah! Desculpem! Esqueci! Vocês não têm intimidade. É o Lorenzo Ontório (inventei no descaramento, Deinha!). É que eu chamo ele de Lolô." "Lorenzo Ontório?", perguntaram elas, curiosíssimas. "Meu Deus! Vocês não conhecem o Lorenzo Ontório, suas desavisadas??? Como podem ser tão desinformadas, meninas! Não leem as notícias que vêm lá de São Paulo, não?" "Ah! Lorenzo Ontório, o estilista de moda? Sim, claro que já ouvi falar dele", mentiu Teodora. Quando eu vi que estava colando, Deinha, soltei minha imaginação de mentiras. Foi tanta inventança, Dé, que nem te conto! Deslanchei a inventar! Até eu me surpreendi comigo! "Pois quem mais seria, Teodora? Meu Deus, vocês, realmente! Sim, ele mesmo, Lorenzo Ontório, o estilista!" "Você conhece o estilista Lorenzo Ontório?" "Bem, pra vocês é Lorenzo Ontório, o estilista. Pra mim é Lolô, meu amigo querido. Mas voltando ao meu vestido, o que importa é que Lolô insistiu em me mandar este. Desenhou especialmente pra mim, imaginem vocês! Minhas medidas ele já tem, claro! Teve esse trabalho todo! Última moda em Paris, essa *cor, ele me disse. Não gostei muito, não, mas Lolô ficaria triste se eu não usasse. E é Paris, né, meninas? Então, cá estou com ele." "Você conhece um estilista famoso, Amália?" (Aqui Teodora se entregou, Dé!) "Meu Deus do céu!!!!!!! Em que mundo vocês vivem, meninas? Que santo, em Beira Alegre, não sabe que Lolô e eu somos amicíssimos desde que éramos crianças, gente do céu????? Pois não sabem que ele vem sempre à minha casa em Olinda pra descansar do fuzuê paulista? Passamos lá bem uns dez dias todo início de ano, eu, Deinha e ele. Deinha e eu morremos de rir com as histórias de Lolô! Vixe, cada história cabeluda, vocês precisavam ver! A gente fica sabendo de cada fofoca das paulistanas chiques! Mas ele não conta pra qualquer um, não! Lolô é muito seletivo! Só conta pra gente, porque ele me adora e adora Deinha! Também, quem não adora Deinha, não é mesmo, meninas?" (Com essa machuquei as santas do pau oco, Déia! Aposto que essas não falam mais mal de ti!) "Quem sabe, um dia apresento vocês a ele. E tchau, que não tenho mais tino pra vocês."*

Esse foi o ápice, Deinha! Se assanharam todas, ficaram loucas pra eu apresentá-las ao tal do inexistente estilista paulistano Lorenzo Ontório, de quem Teodora já ouviu falar. Aliás, Lorenzo Ontório, não! Lolô! E saí rápido dali, porque não estava mais conseguindo segurar a gargalhada dentro de mim. E mesmo com o rosto sério, devo ter balançado os ombros, porque o meu de fora não conseguiu controlar o meu de dentro de jeito nenhum, Déia. Mas acho que as mocreias não notaram, não, de tão estupefatas. Ficaram mesmo de queixo caído (e de queixo caído não é maneira de dizer!). As tolas devem estar até agora rodando todas as lojas de tecido à procura de uma que tenha um tecido da cor rosa abacate, que é última moda em Paris!

E Gílio, Dé!!!!! Nossa! Nem te conto do teu ex, menina! Se juntou com a mocreia mais mocreia de todos os tempos. Você precisava ver a dita! Aquela ali é de fazer qualquer um rolar de rir na cena mais triste do filme mais triste da história. Deinha, a bichinha é um traste, coitada! Um estrupício! Mas é feia em um grau que nenhuma mãe que se preze deixaria filhinho pequeno bater o olho nela. Traumatizaria a criança, com certeza. Como conseguiu fisgar Gílio é mistério. Mas aquilo lá debaixo realmente comanda a cabeça lá de cima dos homens, não é não? Só pode ser isso. E o pior não é a feiura, Dé. O pior é como a danada é chata e abusada! E poderosa! Dia desses encontrei Gílio no clube e ele veio ter comigo, todo sorumbático, todo acabrunhado. Tá mal o homem! Completamente diferente daquele esnobe que você e eu conhecemos. Acho que agora ele vê o que perdeu quando te deixou escapar. Reclamou comigo que a casa é uma desorganização só, que a mocreia exige tudo do bom e do melhor, e tcham tcham tcham tcham... (Ouviu a musiquinha de suspense?) enfurnou a mãe e o pai dentro da casa. Mal cheguei, foi logo falando: "Moro com meus sogros agora, Amália! Quando você imaginaria algo assim? Eu, morando com sogra e sogro!!!!! Quando sento à mesa pro jantar, vejo cada prato que nem te conto! Sou fino, Amália! Você sabe, fui criado com coisa fina! E me vêm umas gororobas do diabo, umas coisas que me fazem perder o apetite só de olhar. Não me descem goela de jeito nenhum! Outro dia, quando fui pegar meu copo pra tomar meu uisquinho... MEU uísque, Amália! Aquele que eu não dava nem pra convidado distinto! Você não acredita! A garrafa estava pelo meio! Imagine você uma coisa dessas! Fiquei injuriado, mas me calei. Não falei nada. Aí, quando cheguei em minha poltrona defronte da minha mesinha, aquela mesinha

SÓ MINHA, que nunca deixei nem amigo íntimo descansar copo... Amália, você não imagina a cena que eu vi! Meu sogro, aquele abusado, tomando do MEU uísque, com o pé em cima da MINHA mesinha, Amália!!!!! Um pé xexelento do diabo, feio, sujo, todo cheio de craca com aquele suquinho gosmento de suor, sabe? Aí não me aguentei! Corri pra filha do estrupício e reclamei que o pai dela não podia fazer aquilo, era um descalabro, um abuso em minha própria casa! Mas ela reagiu, Amália, e foi um destempero, uma gritaria que nem te conto. Sou fino, Amália, você sabe. Em minha casa nunca houve gritaria, por Deus! Me recolhi, porque não sou de disputar deseducação. Ah, meu Deus, não sei o que faço! Entrei nessa no desaviso. No início, a mulher parecia mulher de bem, tão doce, mas depois de um tempo parece que virou do avesso, Amália. Desgovernou minha vida e está difícil me livrar. Como me meti nessa enrascada? Tenho que dar jeito nisso. Não sei que jeito, mas vou dar!"

Eu, claro, fiz cara de entristecida por ele. Fiz até meus olhos molharem (você sabe que sou boa em fingir, né? E que adoro interpretar!). Mas Deinha do céu! O meu de dentro começou a rir de jeito que eu não conseguia mais segurar. E eu não podia deixar o meu de fora se pronunciar em gargalhada, né? Já pensou o que Gílio pensaria se eu estourasse numa gargalhada naquela hora? A sorte foi que, quando já ia passar pro meu de fora, Alfredo passou um pouco mais adiante e eu gritei: "Tá bom, meu amor, não precisa mais reclamar! Já estou indo!". E falei: "Me desculpe, Gílio, meu noivo está me chamando há horas. Tenho que ir ter com ele. Meus pêsames!".

E saí, Déia, às gargalhadas. Acho que ele não reparou no meu ombro balançando. Até me confundi e falei meus pêsames pro pobre!

Ah, Deinha, me deliciei tanto ouvindo o salafrário insensível do teu ex contando de sua desgraça, que até fiquei com culpa (só um pouquinho, devo confessar, mas fiquei). Como a vida vai dando trocos, não é mesmo? Tá lá, o Todo Poderoso Deputado Dr. Gílio, sem conseguir sair do relacionamento com a miserável que está desgraçando a vida dele, depois de ter deixado uma mulher como você escapar pelo ralo. Quem diria? Poderoso por fora, frouxo por dentro. Não é à toa que não só não parou, mas está bebendo muito mais que antes.

Amália

Deinha terminou a leitura sem saber se gostava ou lamentava a situação de Gílio. Pensou, pensou... e guardou a carta, prendendo a gargalhada.

A CASA 53

Vive cumpriu sua promessa. Com o tempo, estava num bom emprego, com bom salário e estabilizado.

— Deinha, minha querida, te prometi, e, quando prometo, cumpro. Já podemos nos mudar. Encontrei uma casa bonita, com ótimo terreno e num ótimo bairro. E, principalmente, Deinha, proporcional em tamanho e conforto à sua em Beira Alegre. Com a diferença de que lá você será feliz. Vamos visitá-la. Você aprovando, compro a bendita!

— Que maravilha, Vive! Estamos felizes aqui, a gente não pode negar, mas termos nossa própria casa é o ápice de nossa aventura, não é? Aliás, apenas um dos muitos ápices que ainda virão. Vamos visitá-la!

E Deinha adorou a casa.

— E tem telefone, Vive! Só nosso! Não precisaremos mais ir à venda nenhuma pra falar com nossos queridos!

— Sim. Comprei com telefone para que você possa falar com sua mãe, com Nininha, Amália e quem mais quiser. Falei que te daria vida boa, Déia. E ainda vamos melhorar, você vai ver.

— Você já está me dando boa vida, Vive. Sempre deu.

Vive fechou o negócio e em pouco tempo se mudaram. Estabelecidos no novo bairro, na casa grande, de número 53, com varanda, dois quintais grandes, goiabeira, mangueira, limoeiro e muitos quartos. Vive a comprara com algum sacrifício, mas estavam felizes com sua própria casa.

Foram conhecendo as pessoas da região, criando amizades, entendendo o espírito da cidade que os acolhera tão afetuosamente. Depois de tanta reviravolta e incertezas, o carisma e a autoestima de Deinha apenas cresciam. Era querida por todos, passou a ser procurada para conselhos ou para meros bate-papos despreocupados. Era cumprimentada carinhosamente pelos vizinhos quando ia às compras, parava na quitanda para saber se o filho do quitandeiro melhorara da gripe, perguntava se o jornaleiro gostara do último jogo de futebol, parava no boteco da esquina pra elogiar a cozinheira pelo último prato que ela e Vive haviam comido, perguntava à florista como conseguia manter as flores tão vivas e perfumadas, levava uma lembrancinha para a moça dos Correios, que já torcia para que as cartas de Beira Alegre chegassem para alegrar ainda mais a Dona Deinha da casa 53. Deinha era adorada.

Vive, por seu lado, provava fidelidade a suas decisões e sentimentos. Estava obcecado pela mulher com quem escolhera dividir a vida. A cada dia a admirava mais. Vivia para desfrutar os momentos que tinham a sós. Gostava de sua profissão e de seu trabalho, mas ansiava por cada final de dia para correr até ela. Então, recostavam-se e apoiavam-se, nutriam-se, bastavam-se. Estava tão feliz com sua nova vida que, por vezes, se espantava ao perceber que era possível existir uma realidade diferente da que estava acostumado na Bahia. Não que não fosse feliz em sua cidade natal, mas, agora, vivia algo além, algo que não conseguia definir em palavras. E nem precisava. Vive sentia. Vivia sorrindo na alma. O que mais o fazia feliz era agradar Deinha. Adorava ver o sorriso largo no rosto da esposa quando fazia algo especial para ela (fazia questão de chamá-la esposa, ainda que não fossem casados oficialmente).

— Ainda não somos casados no papel, mas fique tranquila, Deinha, que um dia conserto essa barbaridade!

— Que bobagem, Vive! Estou muito bem do jeito que estamos. Não tome seu tempo com isso.

Ele continuava se ocupando em agradá-la. Muitas vezes, vendo que o suco que estava à mesa era o preferido de Deinha, inventava qualquer desculpa para que ela fosse à cozinha apenas para que não visse ele despejar de volta o suco de seu copo na jarra. Quando ela voltava, perguntava:

— Já bebeu seu suco assim tão rápido, meu amor? E antes da comida? Assim fica de barriga cheia e não come!

— Estava com sede.

— Pegue mais, então.

E quando Deinha ia entornando mais suco da jarra em seu copo, Vive punha a mão sobre a borda dele.

— Não quero mais, minha Deinha. Já bebi bastante. Beba você.

Ela, então, bebia o suco sorrindo, fingindo não ter percebido a delicadeza do marido.

A PARTIDA

Certa manhã, Deinha recebeu a carta mais dolorosa que jamais recebera em sua vida. Nininha lhe escrevia de forma distante, embora amorosa como sempre.

> *Ultimamente tenho me sentido fraca, Deinha. Não tenho forças. Mas, mais do que não ter forças, não tenho vontade de ter forças. Estou indo embora, minha irmã. Mas vou aos poucos e sem aflição, acredite. Não me importo mais, não sonho mais, não desejo mais. Ao contrário, sinto que há algo além daqui, e além dessa dor física que me maltrata há tanto tempo que não aguento mais. Não sofra por mim, porque estou em paz. E, acredite, me sinto confortável. Um conforto indescritível e surpreendentemente agradável! É em você que penso em cada momento de alívio, de alegria, de saudade, de esperança, de consolo, de despedida. Creia: estarei para sempre com você. E saiba: se eu merecer um lugar especial depois de partir desse mundo, Deinha, te mando a filha que você e Vive tanto desejam. E tenho fé de que isso acontecerá, minha irmã. Me prometa — viva sua vida feliz, com toda a alegria que puder respirar. Sugue-a com todas as suas forças, minha irmã! Viva feliz por você, feliz por Vive, por mim e por quem virá. Me prometa isso.*
>
> *Com todo amor e saudades, para sempre sua,*
> *Nininha*

— Isso é despedida, Vive. Nininha desistiu! — desesperou-se Deinha.

— Leia com mais atenção, Deinha. Ouça o que sua irmã quer lhe dizer nessa carta.

— Diz que desistiu, Vive. Ela diz que desistiu.

— Não, meu amor. Ela diz que viveu o suficiente e que deseja descansar. Ela diz que está conformada com a consciência de sua condição, a de que não há cura para seu mal. Ela diz que está confortável como jamais esteve. E ela te pede, de maneira muito delicada, Deinha, permissão para descansar. Dê-lhe esse conforto, não a prenda aqui, fazendo com que seu sofrimento se prolongue apenas para satisfazer seu desejo de tê-la nesse mundo.

— Não quero, Vive. Não posso perder Nininha.

— Pode mais que isso, minha Déia. Você pode libertá-la da dor. Quer que sua irmã continue a viver em sofrimento, sem qualquer esperança de cura? Enclausurada sem ver luz, sem sentir ar, sem gargalhar, sem amigos, sem prazeres?

— Não. Não posso querer isso pra Nininha.

— Então, liberte sua irmã. É isso que ela te pede nessa carta.

Deinha fechou os olhos e se encolheu. O marido tinha razão. Era egoísmo o que desejava. Queria a irmã para si, fechada no escuro de sua casa em Beira Alegre, enquanto ela vivia sob o sol a vida que escolhera no Rio de Janeiro, em plena felicidade, com o homem que amava. E permitiu.

Sei, minha irmã, que você estará sempre comigo. Assim como estarei com você, onde você estiver, como você estiver. E, claro, rezarei para que a justiça seja feita, porque, se for feita, você terá um lugar mais do que especial quando daqui partir. Eu te libero, minha amada irmã! Se é do que precisas, te libero para que descanses. Mas não me peça

para não sofrer, minha Nininha querida. Viverei feliz por ti, mas viverei triste sem ti.
Te amo pra sempre.

Sua Déia, sua Deinha

Poucos dias depois, receberam a notícia de que Nininha partira. Arrasada, Deinha chorou dias e noites nos braços de Vive.

— Não me conformo com o que a vida ofereceu a uma pessoa tão doce, Vive! É o oposto do que ofereceu a nós. Quanta injustiça! E mais esse preconceito cruel, que fez com que ela vivesse trancafiada em casa, sem a luz do sol, sem amigos, sem alegrias. Não me conformo.

— Deite em meu colo, Deinha. Aqui você está protegida dos mundos maus. São tantos, minha querida! Andam por toda parte, nos rodeiam desde que nascemos, só buscando uma oportunidade. Têm a crueldade como linguagem. Vivemos tentando nos desviar deles. Por isso tanto sofrimento nessa vida. Coisas ruins e injustas acontecem o tempo todo, Déia. Mas cá, comigo, só há mundos bons. Vamos aproveitar nosso privilégio. Deita e dormeum pouco.

— Não consigo dormir, Vive. Não prego os olhos desde que Nininha se foi.

— Pois então, só deite.

Deinha deitou no colo do marido. E adormeceu.

Longe dali, em Beira Alegre, a mãe de Deinha, Dona Analu, suportava estoicamente a dor da perda da caçula. Dona Analu não tinha colo para deitar e chorar. Não tinha quem lhe dissesse palavras de conforto. Chorava em silêncio, choro contido, sem lágrimas. Arrancaram-lhe parte das entranhas. O filho Otávio tinha a carreira para administrar e acabara de ser transferido para o Rio de Janeiro. E sua primogênita Deinha também estava longe, no mesmo Rio de Janeiro, aquela cidade desconhecida, vivendo uma vida que a mãe não conseguia sequer conceber na imaginação.

Consolava-a saber da felicidade da filha, mas lhe faziam falta as palavras que ela lhe diria, para, senão aplacar, ao menos dividir a dor da perda da caçula. Mas aguentou. Aguentou sem reclamar. Que falta lhe fez Deinha naquele momento!

OS FILHOS

Em 1934 nasceu sua primeira filha. Deinha pegou a menina nos braços e, como toda mãe, olhou-a maravilhada. Aquela pessoinha desconhecida, mas tão íntima, estava ali, sentindo-se segura por estar em seus braços, sem saber que era ela quem trazia segurança à mãe. Quando sonharia com algo assim, numa idade em que as mulheres eram consideradas velhas e praticamente em desuso, não fossem as tarefas domésticas consideradas sem valor? Contava trinta e oito anos. Vive, vinte e nove. Já no berço, percebia-se na criança a beleza do pai e o carisma da mãe. A menina trouxe ainda mais luz para a vida do casal. Chamaram-na Eliza.

As visitas à criança eram, em sua maioria, bem-vindas. Nenhuma, porém, foi tão bem-vinda quanto a de Amália.

— Que beleza, Deinha! Que criança linda é sua Eliza! Quando poderíamos imaginar que sua vida tomaria esse rumo? Mas vamos reconhecer que a vida só é boa mesmo com rumos extraordinários, não é? Você e Vive são a prova disso! Mesmices corroem devagarzinho nossas vidas. Vai tudo enferrujando, sem a pessoa perceber.

— Pois não é, Amália? Nunca pensei que seria possível viver o que vivo hoje. Nem em sonho eu poderia imaginar algo assim! Seria daqueles sonhos tão impossíveis, sabe? Que nem passam por nossa cabeça sonhá-los.

— É tudo um grande mistério, mesmo! Quem diria! E Gílio perdeu isso, hein!? Aquele energúmeno salafrário! Pateta! Vocês nunca pensaram em ter filhos, Dé?

Deinha apertou os olhos e ficou em silêncio, tentando lembrar. Vendo-a assim, Amália emendou, rindo:

— Vixe! Já entendi tudo. Aquele ali não se apresentava muito pro serviço, não é? Aposto!

— Pare com isso, Amália!

— Pois aposto que não se apresentava! Toda a energia daquele paspalhão ia pras mãos, pra tentar ganhar no carteado. Daí, lá embaixo ficava vazio de força, não era assim? E sem força não se sobe nem palito de dente!

— Amália! Para de falar essas coisas! Não se fala assim das pessoas! Não é educado! — disse Deinha, prendendo o riso.

— Ahhhh, mas nem de Gílio posso falar assim, Deinha? Muito sem graça isso!

Deinha prendeu o riso.

— Tá bom! De Gílio pode! Mas só um pouquinho. Não se empolgue!

E caíram na gargalhada. Vive entrou no quarto da filha naquele instante.

— Vocês continuam as mesmas! O tempo passa e vocês não mudam! Não acham que estão um pouco desbocadas demais, não?

— Que desbocadas demais, que nada, Vive! — riu Amália.

— Precisamos extravasar nossas represas, meu amor — disse Deinha, também rindo.

— Você, Deinha? E que represa você tem pra extravasar, pelo amor de Deus?

— É verdade! Represas não tenho.

— Pois é isso que digo! E você, Amália, que represa tem pra extravasar? Me diga! Logo você! Te conheço, não minta!

— Eu, Vive? Tá me estranhando? Não tenho represa nenhuma, não, graças a Deus! Sou livre de amarras idiotas. Faço por onde!

— Então o que as duas têm pra extravasar? Digam! — riu Vive.

As duas amigas se olharam, divertidas. Deinha se adiantou.

— Ah, Vive! Extravasamos pelas outras tantas que não podem extravasar!

— Pronto! É isso! Somos solidárias! — assinou Amália.

— Pois o que digo a vocês duas é que, com vocês, os homens é que se cuidem! Porque qualquer deslize pode ser fatal pra eles.

Os três riram. Vive se virou para sair do quarto, mas antes de sair, voltou-se e apontou para o berço:

— E a menina vai acordar, se continuam com essas bobagens.

Quando ele saiu, as duas amigas caíram na gargalhada. Eliza, quietinha estava e quietinha ficou.

A chegada de Eliza amaciou a família de Vive. Suas duas irmãs mais novas e o pai, ávidos, doces e reconciliadores, correram ao Rio de Janeiro para conhecê-la. Encantaram-se com a menina linda, que trazia fortes traços de sua família. Tercinha, a irmã mais nova, foi quem mais se apaixonou pela criança. E à medida que foi conhecendo Deinha, sua paixão se estendeu à cunhada, a quem passou a admirar. Depois de fazer Eliza dormir (fazia questão de ser ela a ninar a menina), descia à sala e conversava por horas com Vive e a cunhada. Tercinha, naquele período, ganhou novo olhar sobre o mundo, vislumbrou um universo que não imaginava existir, ganhou asas e deixou-se voar para longe da bolha da cidade em que fora criada. E, a melhor parte, passou a entender o irmão.

— Você estava certo o tempo todo, Vive. Foi nossa cabeça obtusa que não nos deixou ver isso na época. Talvez porque o choque tenha sido grande demais, com Deinha entrando tão de repente em sua vida. Tomamos como se ela tivesse roubado você de nós. Ou talvez fôssemos apenas cegos de tolice. Mas vendo tua vida agora, meu irmão, conhecendo Deinha e vendo tua felicidade, eu entendo. Tenho pena é de Zizi. Nossa irmã perde tanto com as ideias que mantém engessadas na cabeça.

Não conseguia desgrudar do berço da sobrinha.

— Não precisa ficar aí o tempo todo, Tercinha. Venha descansar — dizia Deinha.

— E se chora, a pequena, e não ouvimos? Deixe, Deinha! Vá descansar um pouco, que precisas descansar, e cuido eu de Eliza. Se acordar, te levo pra mamada.

Passou a visitá-los com frequência. Trazia mimos para a sobrinha, levava-a para passear, jogava-se no chão para fazer gracinhas, ria a não poder com a pequena. Divertia-se. E a pequena também se afeiçoou à tia.

Deinha gostava de a filha ter uma tia. Tias eram, dizia, extensão das mães. Gostava de ver Vive assistir com alegria às cenas da irmã com a filha. Não tinha imaginado que seu Vive, aquele homem tão decidido e seguro, tão duro quando falava dos seus da Bahia, trazia dentro de si um pontinho escuro em sua luz de alegria. Percebeu que Tercinha trouxera alento ao coração do marido, mesmo que ele não precisasse de alentos. O pontinho escuro perdera força.

Três anos depois da chegada de Eliza nasceu o segundo sobrinho. Tercinha se encantou ainda mais. Deinha contava, então, quarenta e um anos de idade e Vive, trinta e dois. Chamaram-no Jamil.

E ter filho assim, na minha idade, Amália! Quando eu poderia imaginar algo assim? Por que nos ensinam que nessa idade mulheres não dão mais fruto? Pois damos! E por fruto não quero dizer apenas filhos, é muito mais que isso, acredite! Pode ser coisa que peguei de minha mãe! Ela sempre diz que com a gente dela é assim, né? Como ela sabe disso, nunca saberemos. É verdade quando dizem que a pessoa pode sair da origem, mas a origem não sai da pessoa. O sangue indígena está nela, então também está em mim.

Deinha

Zizi, a irmã mais velha e turrona de Vive, manteve-se rígida e crítica até o final da vida. Jamais voltou a falar com o irmão. Aquele irmão que sempre fora sua maior fonte de orgulho e alegria.

Zizi fazia falta a Vive, ele não podia negar. Na ausência da mãe, foi ela quem cuidou dele. E cuidou como se filho fosse. Foi dela que recebeu a maior fonte de amor, ou do que supunha ser amor. Sua referência materna era Zizi. Adorava-a! Na infância e na adolescência era pra ela que corria quando se via em qualquer dificuldade. A irmã sempre o acolhia com carinho e palavras alentadoras, e o mimava. Para ele, Zizi sempre fora segurança. Mas a doçura da irmã esvaiu-se de uma hora para outra ao Vive se apaixonar por Deinha. Ficou irreconhecível. Agredia-o. Passou a ser acusadora, julgadora fria e insensível. Virou-lhe as costas, e isso ele não conseguiu perdoar por muito tempo, porque virando-lhe as costas, lhe roubara seu mais sólido ponto de apoio até então — ela mesma. Doeu-lhe perder Zizi. Deinha se preocupava.

— Deixe estar, minha Déia. Não troco nossa felicidade por dois dedos do amor de Zizi. Me criou e serei sempre grato por isso. Mas se não deseja nossa felicidade, se não respeita a ti, a mulher que amo, não a quero junto a mim. Se age assim, prova que aquilo era falso amor, hoje vejo isso. Amor de verdade não cobra! — repetia.

E era verdade! Com o tempo, o pontinho escuro iluminado por Tercinha fora definitivamente embora, assim como a mágoa com Zizi. Vive olhava pra sua vida com satisfação e admiração incalculáveis. E pensava com os seus botões: *Danem-se os que não querem desfrutar de minhas felicidades! Quem não sabe dormir, acha a cama mal feita! De minha parte durmo muito bem, e com a cama mais bem feita que pode haver.*

SEMPRE CABE MAIS UM

O tempo passava e Deinha não perdia o gosto de estender a mão a quem quer que precisasse. Não importava que tipo de problema fosse, desdobrava-se para resolvê-lo. E começou a chamar para sua casa quem necessitasse. Era agregadora, gostava de casa cheia. Gostava de gostar das pessoas. Era querida, porque fazia pelos outros sem esperar nada em troca. É verdade que, às vezes, pedia um favor aqui, outro ali, para compensar o primeiro, o que às vezes crescia numa corrente de favores, mas nunca nada para si mesma. Assim, começaram a chegar as, por Vive batizadas, agregadas.

— Agregadas, Vive? Que nome é esse?

— Ora! Se chegam e não se vão, vou chamá-las de quê, Deinha?

— Mas pra que um nome feio desse jeito?

— Pois não é o que são? — respondia ele, rindo.

— Tenha compostura e respeite minhas amigas, Vive. Se as ajudamos, saiba que também nos ajudam muito aqui em casa. Trabalham duro, saiba disso! Olhe o tamanho de nossa casa! Com duas crianças, ainda por cima, fica difícil! E nossos filhos as adoram! Sempre cabe mais um aqui, por Deus!

— Se trabalham e recebem salário, não era bom terem sua própria casa? — implicava ele, divertindo-se.

— Vive! Deixe de brincadeira com coisa séria! Se te ouvem vão pensar que está falando sério! Tome tenência!

— Está bem, Déia! Que seja como você quiser. Se te faz bem, não me incomoda nem um pouco a casa cheia. O que quero é te ver feliz.

E foram muitas as agregadas. A casa foi enchendo. Vive realmente não se importava. Contanto que a esposa estivesse a seu lado, disponível para suas conversas e suas admirações, aceitava tudo sem qualquer irritação.

— Casa cheia é casa viva, né, Vive? — dizia Deinha ao marido.

— Se você diz, minha querida, então é.

Primeiro foi Baixinha. Era chamada assim pela estatura mínima. Um tanto lerda e pesada, andava desajeitada como bebês aprendendo os primeiros passos, o quadril em molejo pra lá e pra cá. Amiga de Deinha e Amália desde a infância, em Beira Alegre, Baixinha tinha um problema nos olhos que a tornava estrábica e prejudicava sua visão. A cirurgia para corrigir o problema, à época, só acontecia no Rio de Janeiro. Quando Amália lhe contou, Deinha escreveu imediatamente à amiga:

Venha para o Rio de Janeiro, Baixinha! Fique em minha casa. Tenho um quarto só para você, onde ficará confortável. Falei com Vive e ele ficou muito feliz em podermos te receber. (Será?!? Teria perguntado a Vive?) *Ele lembra bem de você.* (Será?!?) *Pode vir! Aqui você faz a cirurgia e corrige seu problema. Eu mesma cuidarei para que se recupere bem. Você vai gostar, te garanto! Depois de recuperada, decide o que vai fazer — voltar para Beira Alegre ou ficar mais um tempo conosco. Torço para que fique! Fazer o que nessa terra de ninguém, Baixinha? Disso aí não sai caldo! Saia daí! Venha logo!*

Deinha

— Vive, Baixinha não está bem.

— O que é Baixinha, Dé? — riu Vive.

— Como o que é Baixinha, Vive? Deixe de bobagem! Baixinha, minha amiga de infância de Beira Alegre!

— Baixinha????? E isso é nome de gente? Que apelido é esse que deram pra pobre, Jesus? É baixinha mesmo, tua amiga?

— Deixe de ser chato, Vive! Não é engraçado. Minha amiga não está bem.

— E que amiga de infância é essa, Déia, de quem nunca ouvi você falar?

— Ah, Vive, como você se prende a detalhes! O que importa é que ela não está bem.

— E o que sua amiga tem?

— Olhos, Vive. Problema nos olhos. Um pra cá, outro pra lá.

— É vesga a tal Baixinha, coitada!

— Pois é. O bom é que há cirurgia pra corrigir o problema. Mas essa cirurgia...

— Sim, Dé! — interrompeu Vive. — Não precisa continuar, que já sei onde você quer chegar. Deixe que eu complete o que você está querendo me dizer. Você quer que sua Baixinha venha fazer a cirurgia aqui no Rio e fique aqui em nossa casa!

— Isso, Vive! Como você é bom, meu amor! Pra que tanto quarto vazio de gente, se há tantos precisando de um, não é verdade?

— O bom aqui não sou eu, Dé, você sabe bem disso! E por quanto tempo você quer que sua amiga fique conosco?

— Pouco, Vive! O tempo de chegar, se preparar pra cirurgia e se recuperar.

— Deinha, você não tem jeito! Não me engane! Por você abriríamos logo uma pousada aqui em nossa casa. E gratuita!

— Amiga, Vive! Ela é minha amiga!

— Escreva logo para sua amiga, Déia. Fale que venha.

— Já escrevi.

— Ah, já escreveu? — riu ele, meneando a cabeça.

— Ela ainda não respondeu, mas deve chegar logo logo.

E Baixinha chegou. Tão feliz ficou Deinha ao rever a amiga! Depois da cirurgia, olhos corrigidos, visão e sorriso melhorados, Baixinha se apegou ao quarto reservado para ela e à moderna

Singer, que a amiga ali instalou para que costurassem enquanto conversavam suas infindáveis conversas. Trouxe novidades da cidade da qual Deinha não se considerava mais. Falou das pessoas que lá ficaram e das novas que chegaram, das boas e das não tão boas. Riram das histórias de Amália.

— Aquela ali não toma jeito, não, Deinha! Continua escandalizando a gente de Beira Alegre com aquelas roupas esquisitas que ela faz questão de vestir e com aquele comportamento que vocês chamam de exótico. Mas continua a encantar Alfredo. Marido apaixonado como Alfredo tem poucos, viu?

Baixinha contou com detalhes o casamento de Amália. Contou da música considerada fora do bom-tom pelos convidados, mas que no final animou a todos, do vestido um tanto ousado, mas copiado em próximos casamentos da cidade, da dança extravagante dos noivos, os dois se agarrando no salão, provocando cochichos escandalizados à boca pequena, mas que mudaram de críticos para lisonjeiros depois da notícia elogiosa no folhetim da cidade. Riram, relembraram, choraram. Deinha percebeu que a chegada da amiga lhe preencheu um vazio que até então não sabia existir.

Incrível como nunca deixo de descobrir sobre mim!, admirou-se.

Baixinha jamais voltou a Beira Alegre.

As crianças, um pouco mais crescidas, passaram a chamá-la Dona Baixinha. Adoravam quando Dona Baixinha chegava do trabalho e gritava por elas. É bem verdade que os meninos nem sempre gostavam de parar a bola para atendê-la, mas ainda assim corriam com gosto, logo que eram chamados, para ouvirem sempre a mesma pergunta:

— Tomou banho hoje, menino?

— Sim — respondia o da vez, tendo ou não tomado o banho.

— Me deixe dar um cheiro pra conferir!

E não importava se estava fedendo o suor do jogo de bola ou cheirando à lavanda do banho, ela sempre falava a mesma coisa.

— Tá cheiroso demais! Merece uma balinha!

Sacava da bolsa um saquinho sortido e distribuía balas à criançada.

Depois de Dona Baixinha chegou Jacira, também vinda de Beira Alegre.

— Vive, imagina você, Jacira, coitada, está lá em Beira Alegre, aperreada sem encontrar trabalho decente, você acredita nisso? Logo Jacira! É triste, né?

— Que Jacira é essa, Deinha?

— Jacira, minha amiga de infância. Já te falei muito dela, não lembra? Pessoa doce, como o quê! Você precisa ver! E adora criança, Vive! Nossa! Uma querida, eu acho que...

— Não precisa continuar, Deinha. Deixe que eu complete. Você quer que sua amiga Jacira também venha para nossa casa, não é isso?

— Eliza já já entra na idade agitada, Vive. E com Jamil tão pequeno, vai ser difícil dar conta sozinha da casa e das crianças. Nossa casa é tão grande, né? Tanto quarto vazio pra quê?

— E já não temos Baixinha aqui com a gente, Deinha?

— Vive, você...

— Não precisa continuar, Deinha! Chame sua amiga! Chame sua amiga Jacira para vir para cá. Mas não ficará no segundo andar no quarto ao lado do nosso! Baixinha passa lá para baixo, e preparo um quarto pra que ela e Jacira fiquem confortáveis, está bem assim?

— Ih! Jacira e Baixinha vão adorar ficar juntas! Se adoram desde Beira Alegre — disse Deinha, já saindo de perto do marido, para evitar mais conversa.

E Jacira chegou. Era jovem e um tanto inexperiente, mas Vive gostou dela assim que a viu.

— Você fez bem em chamar Jacira, meu amor. É pessoa confiável. E inteligente. Já já tira de letra tudo o que você lhe ensina. Vai te fazer bem, uma ajudinha com as crianças.

Jacira veio feliz. Adorava estar com Eliza e Jamil, de quem cuidava como filhos. Chegou para ajudar Deinha a cuidar das duas crianças, mas terminou fazendo as vezes de governanta da casa, tamanhas eram sua competência e inteligência. As crianças logo se apegaram à moça, ao seu sorriso macio, cuidados gentis e gestos suaves. Jacira era bonachona, brincalhona e carinhosa nas palavras. Era bonito ver o carinho dela para com os pequenos. E o carinho dos pequenos por ela não era menor. Logo passaram a chamá-la Vó Jacira, apesar de sua pouca idade.

Com Eliza e Jamil já crescidos, Jacira conheceu e se apaixonou por Décio. Décio era bom rapaz, mas Deinha não permitiu que namorassem até se assegurar que ele fosse realmente digno.

— Você veio de Beira Alegre, Jacira. Esse tal Décio pode estar querendo se aproveitar de tua inocência. Ele que venha até cá, para Vive e eu o conhecermos e darmos, ou não, nosso aval. Me sinto responsável por você, minha querida. Temos que ter certeza das intenções dele.

— Meu Deus, Deinha, estou no Rio de Janeiro há quantos anos? Quase vinte! Então vocês pensam que não sei avaliar um homem? Ora! Me deixem, que não sou ingênua como pensam. Mansidão não é ingenuidade, não! Uma coisa está muito longe da outra.

Mas acatou o desejo de Deinha e Vive, e até sentiu orgulho do cuidado deles para com ela. Era bom. Jamais havia se sentido cuidada. Décio recebeu o aval e, em 1948, Jacira se casou e logo teve o único filho, Arnaldo, que Deinha não deixou sair da casa 53 até que completasse um mês.

— Você me ajudou com Eliza, agora te ajudo eu com Arnaldo. Fique aqui até o menino completar um mês. Quando ele estiver mais firmezinho, deixo vocês irem pra casa. E teu marido que não reclame! Sei muito bem que te ajudar com o menino, Décio não vai. Então que se cale e aguente!

Jacira riu das palavras da amiga e se aliviou por ter alguém com quem dividir as tarefas com o bebê recém-nascido. Eliza também ajudava com o bebê e ficou inconsolável quando Vó Jacira anunciou que iria embora com o menino.

— Deixe de ser pateta, Eliza! Você já está na Escola Normal! E noiva! Daqui a pouco estará formada, casada, e vai pra tua própria casa, ter seus filhos, criar sua família. O que pode querer comigo e Arnaldo aqui na casa de teus pais? Vá cuidar de teus afazeres, menina! E me deixe cuidar dos meus.

Eliza não teve o que responder. Vó Jacira, como sempre, tinha razão.

— Deinha, minha querida, não me importo e nunca me importei. Gosto do teu gosto em ajudar os outros. Mas paramos por aqui com as agregadas da casa, certo?

— Quem sabe, Vive? Quem sabe quem mais a vida fará bater à nossa porta? E quem somos nós, pra desrespeitarmos os desejos da vida!

E quando menos esperava, de novo Deinha chegou com uma novidade.

— Vive, meu amor. Você não sabe o que aconteceu.

— Me diga, Deinha. O que aconteceu?

— É Mariinha, Vive, ela...

— Quem é a amiga de infância dessa vez, Deinha? Mariinha... Nunca ouvi falar em Mariinha nenhuma.

— Se estou te falando agora, então agora já sabe que é minha amiga de infância, Vive — respondeu, emendando rápido para não haver mais perguntas. — Imagina você, Vive, meu amor, a mãe morreu e Mariinha está só, naquela cidade fria de carinhos, morando em casa de parentes que não a querem e não lhe tratam bem. Está tão triste...

— Deinha — interrompeu-a Vive, pacientemente —, quando você quer que sua Mariinha chegue a nossa casa? Diga logo!

— Poxa, Vive! Você nem me deixa terminar a história!

— E precisa, Déia? Quando sua Mariinha chega?

— Chega em poucos dias, Vive. Você vai gostar muito dela, tenho certeza.

Vive suspirou e fez que sim com a cabeça. Apertou os olhos para a esposa e retornou a seu livro. Naquele momento, Manuel Bandeira lhe cairia bem melhor.

— Mãe! Estranho, essa sua amiga de infância de quem nunca ouvi falar. Quem é essa Mariinha, afinal? Você conhece mesmo essa moça? Fala a verdade, mãe, confessa! Você é amiga dela mesmo, ou só está querendo ajudar alguém, que conhece alguém, que conhece alguém? E vai morar em casa com você e papai também? Mais uma, mãe?

— Amiga, Eliza! Pare de fazer perguntas ociosas! Você não precisa conhecer todo mundo que conheço e aprecio. E há quartos suficientes na casa, afinal! Você já está encaminhada com Nilo e Jamil já, já também vai pra vida dele.

E, mais uma vez, Vive não se incomodou. Porém, cauteloso e conhecedor da esposa que era, mandou construir uma casinha confortável, com quartos e banheiro, nos fundos do quintal.

— Para que essa casa, Vive?

— Presente pra tuas amigas, Deinha. Assim ficam mais confortáveis. Terão mais privacidade.

— Sim, Vive. Deixe, que sei exatamente o que você pretende. Deixemos então que tenham mais privacidade — riu-se a esposa.

As agregadas moradoras da casa teriam parado por aí, não fosse Dona Baixinha se mostrar cansada, com a idade lhe pesando.

— Vive, Baixinha não dá mais conta das coisas da casa, coitada. Vamos deixar que descanse mais, durante o dia, e só ajude quando se sentir bem.

— Tem razão, Baixinha não é mais menina, precisa descansar. Não pode pegar no pesado.

— Pois é. Mas fica difícil, porque a cozinha fica a desejar, não é? E Jacira conhece uma moça que diz que é muito boa e é mão cheia na cozinha. E que gosta de criança também.

— Mais uma agregada, Deinha?

— Essa não vai ser agregada. Tem a casa dela, é daqui do Rio mesmo. Pode vir todos os dias pra cozinhar e voltar pra casa.

— Ah, bom! Menos mal. Mande que venha, Déia, se você acha necessário.

E chegou Tetê. Tetê iluminou a casa! Trouxe alegria. Dançava, brincava de bola no quintal com as crianças, contava histórias. E cozinhava que era uma belezura!

— É, Deinha! Dessa vez você acertou de novo! Tetê é craque!

As agregadas pararam por aí, mas Deinha continuou a ajudar. Ajudava! Ajudava e alimentava. Gostava disso. Talvez fosse sua forma de agradecer pela sorte que tinha. Por se sentir tão favorecida, sabe-se lá por quem (e isso não importava), com a vida com a qual fora abençoada.

A ÍNDIA E A SURPRESA

Rio de Janeiro, 1940

O tempo, como era de seu hábito, fez dores se dissolverem, alegrias nascerem ou serem esquecidas, e tristezas desaparecerem, para que a vida pudesse seguir. Vive e Deinha, com todo o tempo fazendo passar suas consequências, ficavam cada vez mais unidos.

Certo dia, com Eliza e Jamil ainda pequenos, quando menos esperava, Deinha recebeu um telefonema de Dona Analu.

— Se prepare, filha! Prepare Vive e preparem um cantinho para mim. Estou indo para o Rio e chego em dois dias com uma surpresa.

— Que surpresa, minha mãe? Meu pai vem junto?

— Não, vamos só eu e a surpresa. Me aguardem, que logo logo chego aí! — E desligou o telefone, sem mais.

Vive não se importou com a vinda da sogra. Ao contrário, gostava de Dona Analu. Ela foi das poucas pessoas que apoiaram sua relação com Deinha e ele lhe seria para sempre grato por isso.

— Deinha, vou mandar arrumar um quarto pra Dona Analu que ela vai adorar. Temos pouco tempo, mas vai ficar deslumbrante!

— Não precisa de muita coisa, Vive. Nem sabemos quantos dias ela vai ficar. E você sabe que minha mãe não gosta de luxos e faz muito poucas exigências para si. Engraçado isso! Como pode, mesmo sem ter sido criada com seu povo, trazer tantas manias dos índios?

— Coisas que não temos como explicar, Déia! Há tantas por aí.

No dia seguinte, à mesa do jantar com as crianças, enquanto Vive lia o jornal, a pequena Eliza pediu:

— Mãe, como é a vovó que vai chegar amanhã?

— É minha mãe, Eliza. Sua avó Analu. Eu sou sua mãe, e sua avó Analu é minha mãe.

— Como que ela é?

— Ahhhh! Vó Analu é um pouco diferente da maioria das pessoas que você conhece. Você vai gostar dela.

— Por que ela é diferente?

— Porque ela é índia, nasceu numa tribo indígena lá na floresta Amazônica.

— Mas por que que ela é diferente? Só porque ela é índia?

Ouvindo a conversa da esposa com a filha, Vive baixou o jornal e falou:

— Conte a história de Dona Analu pras crianças, Deinha! Elas vão gostar de ouvir. Mas conte do início.

— Vocês querem ouvir a história de sua avó? — perguntou Deinha.

— Queremos! Conta, mãe!

— Então subam e se preparem para dormir. Quando estiverem na cama, me chamem que irei ter com vocês.

Excitadíssimas, as duas crianças largaram seus pratos vazios e correram escada acima pra se prepararem pra ouvir a história da avó índia.

— Já pensou, Jamil? Nós temos uma avó índia! Isso é muito legal!

Ao ouvir "Mãe! A gente tá pronto!", Deinha subiu ao quarto dos filhos, sorrindo pela mãe que a trouxe ao mundo, sorrindo pelas crianças que ela mesma trouxera ao mundo e sorrindo por sua vida. Encontrou as crianças arrumadas e deitadinhas, coisa rara de acontecer sem que fosse preciso insistir para que isso acontecesse.

— Vamos lá à história de sua avó Analu! Meu pai, seu avô, que se chama Manu, era oficial do Exército. Estava de férias e foi caçar lá na Floresta Amazônica. Quando estava no meio da mata, de repente ouviu um ruído e atirou, pensando que era algum animal. Mas não era nenhum animal.

— O que que era, mãe?

— Ouçam a história! Vou chegar lá.

— Logo que atirou, ele ouviu um grito de dor. E pelo grito, pensou que tinha atingido uma mulher. Aí correu para socorrê-la.

Porque não podia deixar uma mulher ferida sem ajuda, né? Mas quando chegou lá, ele só encontrou um bebê indígena dormindo, bem tranquilo. Vocês imaginam o susto que ele levou?

— É mesmo! Levou muito susto. E o neném não chorou?

— Não, o neném nem chorou. Estava lá, dormindo, sem saber de nada da vida. Meu pai, o seu avô Manu, vasculhou toda a área. Vasculhou, vasculhou, vasculhou… mas não encontrou nenhuma mulher. Ele tinha quase certeza de que tinha atingido uma mulher com seu tiro e que ela fugira pela mata adentro. Mas nunca soube que mulher era aquela.

— Por que ela fugiu?

— Não sei. Talvez tenha tido medo, não sei.

— E por que ela deixou o neném?

— Também não sei.

— Você nunca que largava a gente na mata, né, mãe?

— Nunca, meu querido! Nunca largaria vocês.

— Continua, mãe!

— Aí seu avô pegou o bebê, que era uma menina, e levou ao chefe do Regimento, para explicar o que tinha acontecido. Foi uma reviravolta! Um problemão daqueles! Todos ficaram logo preocupados.

— Por quê?

— Porque tinham medo de sofrer retaliação da tribo da bebê. E pior, com medo de que viessem reclamá-la, alegando roubo da criança. Imaginem se isso acontecesse!

— Ia virar guerra, mãe? Ia ser legal!

— Podia virar, mesmo, não sei. Talvez eles conversassem e explicassem o que tinha acontecido e os índios entendessem. Porque não ia ser legal virar guerra, né, Jamil? Guerra não é bom.

— Continua, mãe!

— Então! Eles ficaram com muito medo, mas não havia nada a ser feito. Só tinham que se preparar pra algum eventual ataque e aguardar. Ninguém sabia sequer a qual tribo a bebê pertencia.

— A bebê entendia a nossa língua, mãe?

— Ela era muito pequenininha, não sabia nem falar ainda.

— Continua!

— Mas não houve retaliação nenhuma e ninguém jamais reclamou a bebê. Aí o comandante disse a meu pai: "Manu, leve essa criança com você, para sua casa. Mesmo sem intenção, foi você quem causou toda essa confusão. Não se pode manter um bebê por aqui. Quartel não é lugar pra criança. Sua mãe pode cuidar bem dela".

— Por que não é lugar pra criança?

— Porque seria perigoso deixar uma criancinha num quartel, com armas, com homens trabalhando o dia todo, sem ninguém com tempo de cuidar de neném nenhum.

— Ahhhhh! Continua!

— E aí meu pai levou a bebê para casa, lá em Beira Alegre. Os pais do meu pai, meus avós, adoraram a menininha logo no primeiro instante em que a viram. E lhe deram o nome de Analu. A criaram como filha, com todo carinho do mundo. Quando ela fez treze anos, meu pai e ela se casaram.

— Por que se casaram? Ela só tinha treze anos!

— Era costume da época, Eliza! Homens casarem com mulheres muito mais jovens era comum. E ainda hoje acontece, sabiam? Mas as coisas estão melhorando. Muito aos pouquinhos, mas estão. Enfim, eles se casaram e tiveram três filhos: eu, seu tio Otávio e sua tia Nininha.

— Ah! Eu não quero casar com treze anos, não, mãe.

— Você não vai casar com treze anos, pode ficar tranquila, Eliza.

— Nem eu, mãe!

— Você também não, Jamil.

— Ahhhhhhh! Eu descobri! A nenenzinha virou sua mãe? Ela é a vó Analu?

— Isso mesmo!

— E ela gosta de ser índia?

— Ela não se lembra como é ser índia, porque não foi criada pelos índios. Era muito pequenininha quando meu pai a levou para os pais dele. Sua avó é tinhosa, mas é muito carinhosa também, vocês vão gostar dela.

— Que que é tinhosa, mãe?

— Tinhosa é quando a pessoa não leva desaforo pra casa, sabem como é? Ninguém pode falar grosso com sua avó, não, que ela responde à altura.

— Eu não vou falar grosso com ela!

Deinha riu das observações e perguntas das crianças. Deu um beijo em cada uma e apagou a luz.

— Agora durmam. Amanhã vocês acordam cedo pra escola. Boa noite, queridos. Depois do almoço, vamos pegar sua avó na rodoviária.

Quando desceu, Vive estava no sofá, jornal aberto descansando no colo, olhos ao longe, pensando em não se sabe o quê.

— Eles gostaram?

— Adoraram. Se eu deixasse, estaria respondendo perguntas até agora.

— Que beleza essas crianças! Mas dessa história toda, Dé, a única coisa que não me desce de maneira alguma é seu pai ter casado com a indiazinha que encontrou na mata. Muito estranho isso!

— Você sabe, Vive, costume da época. Foram felizes. Nunca vi brigarem.

— Também, quem tem coragem de brigar com sua mãe, Deinha? Dona Analu não é de brincadeira! — riu Vive. — Está tarde, minha querida. Vamos nos deitar. Amanhã saberemos que surpresa é essa que sua mãe trará e o que ela veio fazer no Rio de Janeiro.

— Se é que ela vai querer falar amanhã, né, Vive? Você sabe que minha mãe segue seu próprio tempo. Não adianta querer apressá-la. Faz o que quer, e quando quer. A gente que segure nossa curiosidade. E vamos nos preparar, porque ela não é dada a surpresas leves. Com ela, a gente tem que estar preparado para qualquer susto, a qualquer instante.

— Vixe! Vamos nos preparar! E seguremos a curiosidade.

No dia seguinte, Deinha e Vive acomodaram os filhos no carro e, curiosos, foram receber Dona Analu na rodoviária. As crianças não cabiam em si de excitação por conhecer a tal avó índia.

— Ela vem com roupa de índio, mãe?

— Não, Jamil! Ela vai vir com roupas como as nossas. Por que viria com roupas diferentes?

— Ué! Porque ela é índia.

— Crianças, vamos deixar as perguntar para depois. Por ora, vamos receber sua avó. E prestem atenção: ela vai chegar cansada da viagem, que é longa, e vai precisar descansar. Não a cansem com falatório e perguntas, por favor.

Dona Analu, enfim, desceu do ônibus. Eliza se espantou ao ver que a mãe trazia nos braços uma criança.

— Quem é esse menino, mãe? — perguntou.

— Pode chamá-lo Tatá, que ele gosta. É seu irmão. Em casa conto a história do safado, do devasso, do degenerado do seu pai. Segure ele pra mim, Deinha, que meus braços já estão dormentes.

Deinha, espantada, esticou os braços para a criança, que se jogou para seu colo. Ela e Vive se entreolharam, dizendo sem palavras o que não podiam dizer em voz alta, e todos seguiram em total silêncio para casa. Conheciam bem a índia, por isso sabiam que o melhor naquele momento era se calar a fazer perguntas.

— Ué! Ela veio com roupa comum, Eliza! Poxa! Pensei que era índia de verdade — cochichou um decepcionado Jamil para a irmã.

— Cale a boca, Jamil — cochichou Deinha. — E você também, Eliza. Vamos deixar que sua avó descanse. Não a incomodem com falatório.

De fato, o quarto que o genro preparou tinha tudo o que qualquer mulher gostaria e agradou a Dona Analu. A cômoda foi imediatamente preenchida com suas poucas peças de roupa e as estritamente necessárias à criança; o menino, que tropeçava por todos os espaços com olhos curiosos e uma boa dose de avidez por beber de cada novidade. O espelho seria útil. O tapete a agradou. Apenas a enorme e bonita cama, que ela olhou meio de lado, não teve o prestígio que Vive esperava.

— Eu avisei, Vive! Mamãe não é dada a luxos.

— E desde quando cama é luxo, Déia? Onde já se viu uma coisa dessas, achar que cama é luxo! Só me faltava essa! Faça-me o favor!

— Me ouça: bote dois suportes para rede na parede, compre uma rede larga, bem grande, dessas para casal, a maior que encontrar. E você cairá para sempre nas graças de minha mãe — riu Deinha.

— Quanto mais conheço sua mãe, mais me espanto. Trocar cama por rede! Como pode uma coisa dessas? E ainda mascar fumo daquele jeito que ela masca, Deinha! Não é coisa de mulher civilizada! Onde já se viu uma coisa dessas????? Não consigo entender sua mãe!

Para surpresa de Vive, depois da rede instalada, Dona Analu realmente deixou de dormir no chão, sobre o tapete, e passou a descansar pendurada. Deinha tinha razão. Mesmo não tendo sido criada em sua tribo de origem, com seu povo, Dona Analu trazia em si, como tatuagem indelével, os costumes de seus ancestrais.

Não precisaram segurar curiosidade nenhuma. Na manhã seguinte, dia em que Vive não trabalharia, a própria Dona Analu puxou o assunto à mesa do café.

— Imaginem vocês! Aquele desgramado do Manu, SEU PAI, Déia, se engraçou com Memé!

— Quem é Memé, mãe?

— Memé, Deinha! Nossa cozinheira! Como pode não lembrar de Memé, meu Deus do céu! Chegou lá em casa pouco depois de você vir pro Rio, mas lhe falei muito dela. Cozinheira de mão cheia, aquela, viu? Das boas, mesmo. Uma pena! Bonita que só! Pois teu pai engravidou a assanhada! E aí nasceu o Tatá, coitado! O que eu podia fazer? A criança não tem culpa de ter dois pais tão desavergonhados como aqueles! As mulheres estão acostumadas a aguentar tudo caladas, mas isso não é pra mim, não, entendeu, Vive? Não me calo por qualquer coisa, não, saiba disso!

— Eu sei, Dona Analu!

— Pois bem! Mandei embora aquela desgracenta e avisei seu pai que ia pensar no que fazer. Pensei, pensei, pensei, e resolvi largar aquele maldito. Mas não podia deixar o menino inocente pra trás. Imagina se eu ia fazer isso com a pobre da criança! Deixar um inocente desses ser criado por dois devassos seria crueldade. Então trouxe Tatá comigo. Pronto! E é assim que vai ser! Bem ou mal, é teu irmão, Deinha! E que seja por bem! Já amo esse menino como filho. Ame-o como seu irmão que é. E faço questão: sou eu a mãe dele, mas ele vai saber quem é sua mãe de sangue. Não sou de esconder verdades de ninguém. E, afinal, a tal merece receber visita do menino que pariu. Crescendo mais um pouco, Tatá vai saber dela e vai poder procurar a pobre coitada quando e se quiser.

— Ué! Pobre coitada?????? Não era desgracenta até há pouco, mãe? — riu Deinha.

— Uma pobre coitada de uma desgracenta, é isso que ela é! No fundo tenho pena. Mas não levo desaforo pra casa. Entendeu, não entendeu, Vive?

— Claro, Dona Analu! Entendi, sim! Está certíssima!

— Mudou de vez, mamãe? Vai morar aqui no Rio com a gente pra sempre?

— Oxe! Não me quer aqui, não, Déia?

— Não é isso, mãe! Claro que não foi isso que eu falei! É que uma mulher abandonar assim o marido, ainda mais com uma criança no colo... O que os beiro-alegrenses vão dizer de você?

— Pois olhe isso agora, Vive! Olhe o que sua mulher está me dizendo!!!!! Está esquecendo de você mesma, Deinha? Logo você, uma mulher que abandonou o marido pra viver com outro homem, está preocupada com o que vão falar de mim? Logo você, menina? Tome tenência! Se olhe! — riu Dona Analu.

— Dona Analu — interveio Vive —, a senhora é muito bem--vinda aqui. A partir de hoje, essa também é sua casa.

— E do Tatá!

— Claro! E do Tatá também!

— Então estamos entendidos. E agradeço!

De início surpresa com tanta movimentação, Dona Analu se adaptou com facilidade à engrenagem corrida e confusa da casa 53. Às tantas mulheres falantes, gargalhando, correndo pela casa apressadas ou descansadamente.

— E pra que tanta gente pra uma casa só, minha filha? É um tal de mulher pra cá, mulher pra lá! Vixe! O que essas meninas têm tanto a fazer por aqui? Me diga! Isso mais parece navio de doido!

— Que navio de doido, o quê, mãe? Deixe as meninas! São amigas e me ajudam muito na lida do dia a dia. Já já você as entende.

Apreciou o jeitão de Vive. Entendia e se identificava com o genro, sempre em silêncio, mergulhado em seus poemas e músicas, mas ainda assim participante ativo daquela engrenagem.

— Teu marido é que é esperto! Fica sossegadinho ali, no canto dele, só de olho, porque não é besta de se meter com essa mulherada toda. Sabe lidar com a vida e contigo, Déia!

E adorou a nova Deinha. Aquela Deinha, antes séria, quase sem luz, esposa de Gílio, agora era uma mulher feliz, risonha, doce comandante do "navio de doido". Aquela, sim, era sua filha!

Tatá logo gostou da casa, do quintal, das pessoas, da escola, dos mimos que recebia. Era tratado com carinho e amor por todos. Esperto e curioso, perguntava sobre tudo e ouvia atento a tudo o que lhe diziam. Era pura alegria. Deinha e Vive o adoravam. O fogão na cozinha passou a cozinhar doces e quitutes de seu gosto. As agregadas faziam questão de agradá-lo. De fato, como anunciara Dona Analu, soube cedo que era adotado e quem era sua mãe biológica. Foi-lhe dada total liberdade para procurá-la e, assim que atingiu idade, passou a visitar Memé uma vez por ano em Beira Alegre. Dona Analu pagava-lhe a passagem.

— Aqui não quero aquela mulher desavergonhada — dizia Dona Analu categoricamente à filha. — Dou passagem com prazer pra que ele a veja, mas não quero ver-lhe a fuça na minha frente.

Memé nunca foi chamada de mãe. Tatá chamava-a Tia Memé. Viajava com prazer para vê-la, mas não reclamava saudades quando não o fazia. Recebeu boa formação, teve bom emprego, casou com uma bela moça e teve uma filha. Viveu sempre ligado a Dona Analu, a quem, essa sim, chamava mãe. Adoravam-se, mãe e filho. Tatá deu a Dona Analu o conforto que lhe faltou em casa, pela dor que lhe doía a ausência de sua caçula Nininha.

Manu, o ex-marido, por uma ou duas vezes, foi ao Rio de Janeiro visitar os filhos. Dona Analu, porém, proibiu-lhe de ver Tatá.

— Já basta o atrapalhamento que esse homem podia ter causado na cabeça do meu menino. Não vai vê-lo coisa nenhuma! Que veja você e teu irmão, Déia, que já são gente formada. E basta por aí! E que não me entre nesta casa, que saio eu pela porta dos fundos e vocês nunca mais me veem. Nem a mim, nem a Tatá! Estejam certos disso! Entendeu, Vive?

— Sim, Dona Analu. Aqui Seu Manu não entra, fique tranquila.

Deinha conhecia a mãe e alertou o marido:

— Não duvide. Olha que mamãe sai e não volta mais.

— Tua mãe, Dé, quanto mais conheço menos entendo! — repetia Vive. Porém, sem jamais perder o carinho pela sogra.

SEM SAUDADES DE BEIRA ALEGRE

O tempo corria acelerado, como é de seu costume. Vive e Deinha continuavam felizes. Amavam-se, divertiam-se, completavam-se cada vez mais. Enquanto Deinha continuava gostando de estar rodeada de pessoas e atividades, Vive continuava prezando o silêncio.

— Silêncio é coisa fundamental, Déia! É preciso escutar o silêncio! Ficar atento a ele, degustá-lo. Só se deve quebrar um silêncio com música boa ou palavra atinada — dizia. — Melhor calar a sujar o silêncio com palavra sem tino.

Não lhe agradavam barulhos, risadas e falatório em excesso. Deinha trazia a casa 53 sempre cheia, mas surpreendentemente isso não o incomodava. Ele sabia do prazer da esposa em agregar pessoas, e satisfazia-o ceder a seus desejos.

Dona Analu tinha parecença com Vive. Falava pouco, não se misturava à bagunça do dia a dia da casa e vivia restrita a seu quarto, sem interferir na rotina da casa. Tinha se adaptado bem à dinâmica da família. Gostava de Vive. Mas era na ausência do genro que se soltava. Deixava de se preocupar com as boas maneiras a que ele era acostumado e deixava-se pousar nas próprias maneiras. Seu momento preferido era quando sentava à mesa, ou no chão de preferência, para almoçar a sós com Deinha. Pernas cruzadas, prato alto seguro por uma das mãos à altura da boca, sem qualquer talher. Usando os cinco dedos da mão livre, amassava a comida, fazia montinhos e os jogava à boca com uma destreza que surpreendia até mesmo a filha. Aqueles eram seus momentos bons. Mãe e filha trocavam ideias, lembravam coisas, riam, choravam, divagavam, faziam lista dos poucos amigos de Beira Alegre que lhes faziam falta, falavam da cidade que as expulsou com crueldade. Falta do pai, a bem da verdade, Deinha não sentia. Seu Manu ter sido ausente em sua criação a ajudou nisso.

— Não sinto saudades daquela gente de Beira Alegre, mãe. Nenhuma saudade. Gente preconceituosa e infeliz, que não aguenta que ninguém mostre felicidade. Fico muito feliz de estar longe dali.

— É verdade, filha! Gente petulante, que vive de hipocrisia, cuidando da vida alheia. Que se ocupa em fazer os outros serem tão infelizes como eles mesmos são. Também não sinto saudades.

— Nininha partir me cortou o coração. Corte sem cura, mãe. Choro todos os dias. Eu imagino a dor que você carregou, ali, sozinha, sem ninguém a te confortar. Queria tanto poder ter estado a teu lado, mãe!

— Não se divide dor, Déia. Dores, cada um é que tem que carregar a sua. Eu suportei a minha como tive que suportar. E você, a sua.

— E ela nem chegou a ver tua separação de papai. Talvez tenha sido melhor, não acha? Não sei... Pra quê? Provavelmente só a faria sofrer mais. É isso que me faz mais falta, mãe, Nininha! A pobrezinha não merecia a vida que ganhou.

— Não, não merecia. Mas Deus sabe o que faz, minha filha! Temos que nos conformar com a vontade Dele.

— É! É difícil, mas é só o que temos a fazer. Amália também me faz falta. Sinto falta de nossas conversas, das bobagens que ela diz e me fazem rir. Aquela biruta! Mas me tranquiliza saber que se casou com Alfredo e está feliz. E nos escrevemos sempre, isso alivia a saudade. Diz que qualquer hora dessas ela e Alfredo vêm nos visitar. Tomara que venham mesmo e que seja rápido! Temos tanto a contar uma à outra!

— Ave Maria! Não me diga! Amalinha casou? Como eu não soube disso?

— Você não tinha tempo de viver a vida fora do escuro de nossa casa, né, mãe? Tomava todo seu tempo com Nininha e papai.

— Com quem Amalinha casou? Que Alfredo é esse?

— Oxe, mãe! Não lembra de Alfredo, amigo de escola meu e de Amália? Já esteve em nossa casa algumas vezes. Adorava seu bolinho de arroz, não lembra?

— Ah, sim! Estou lembrada! Alfredinho! O menino que gostava de comer! Menino bom de boca! — riu Dona Analu, com carinho da lembrança. — Aquele é marido de Amalinha agora! Coisa boa de saber, Deinha! Bom menino, o Alfredinho!

— Amália foi apaixonada por ele desde sempre, não sabia? Alfredo é homem bom, mãe. E louco por Amália! Amália vai seguir feliz, graças a Deus! Porque aquela ali merece! Como se não bastasse viver naquela sociedade tão aporrinhante!

— O bom é que estão todos ajeitados, Déia! Isso é o que importa. O resto é resto, a gente deixa pra lá! Resto é coisa pra não darmos importância, nem lembrarmos, nem sentirmos cheiro, filha. É coisa pra esquecer, pra virar poeira inútil na memória.

A OBSESSÃO

Preocupava Deinha que Vive seguia cada vez mais dependente e apegado a ela. Não gostava de ninguém por perto que desviasse a atenção da esposa. Queria-a só para si. Qualquer convidado, por mais querido que fosse, tomava como intruso. Dona Analu e Tatá eram parte da família, não os considerava problema. Mas o agradava o fato de ambos gostarem de viver reclusos em seu quarto ou fora de casa, com seus afazeres. As agregadas também não o incomodavam. Mal cruzava com elas, pois pouco circulavam pela casa quando ele lá estava. "Seu Vive está em casa. Deixe isso pra depois!", era o que mais se ouvia. Restringiam-se à cozinha e dormiam, confortáveis, em sua casinha de fundo de quintal.

— Amo Vive, mãe. Mas não posso falar com ele de nada que me incomode, de nenhuma tristeza que me machuque. Nem de Nininha posso falar, de como minha irmã me faz falta. Não posso falar de minhas saudades, de Amália. Se sofro, ele sofre em dobro. Não suporta nada que ele mesmo não possa trazer solução. Ainda mais quando se trata de mim. Vive precisa ter algum interesse fora daqui, mãe. Quando digo isso, ele rebate, diz que é feliz como estamos e que não precisa de mais nada nem de mais ninguém. Às vezes pesa. Vive está muito dependente, só quer a mim, mais ninguém.

— Não me parece ser tanto assim, Déia. Você não está exagerando? Volta e meia ouço Vive falar dos amigos.

— Que amigos, mãe? Você está falando do Armando e do Altair? São só esses dois! Depois de tantos anos aqui no Rio de Janeiro, só dois amigos, mãe! E ainda por cima, Armando é o mecânico do nosso carro e Altair, nosso dentista. Como pode uma coisa dessas? Vive cismou que são os homens mais interessantes que há no universo, e pronto! É assim que sempre foi, é assim que é e é assim que tem que ser! Se cisma com alguma pessoa... meu Deus! Ai de quem ousa contradizê-lo!

— Não deixa de ser bonito ver alguém tão fiel aos amigos. Vive preza os amigos.

— O problema é que põe definição em qualquer um que lhe cruze o caminho e vai se isolando. "Este é genial. Aquele nem tanto. Aquele outro é um idiota completo. Fulano? Não lhe tiro meu chapéu!" E assim vai. Seleciona os pouquíssimos que elege e não se importa com a maioria. Estou lhe dizendo: Vive está ficando cada vez mais obcecado! E isso não é bom nem pra ele, nem pra mim. Quando reclamo que quase não tem amigos, sabe o que responde? "Deinha, minha caderneta de telefones esgotou. Eu até que gostaria, mas está lotada. Se tivesse vaga, eu até procurava por mais amigos. Mas não tem mais vaga, meu amor." E ri, mãe! Você acredita nisso? Ele ri!

— Mas te ama, filha! E ama amor de verdade, não é amor de fachada, como esses que a gente cansa de ver por aí. Isso não se encontra em qualquer esquina, não. Você tem sorte. Não reclame!

— É, sei disso, mãe. Tenho sorte, mesmo. Sei disso. E também amo Vive. Não imagino viver sem ele. Vive é minha luz! Mas ele bem que podia iluminar outras paragens!

De fato, o marido não respirava sem Deinha. Preocupava-se se saía à esquina. Proibia-a de trabalhar fora, mesmo não tendo salário especialmente bom, que deixasse sobra ao final do mês. Alegava não terem necessidade de mais dinheiro, dizia não gostar da ideia de ela não estar em casa quando chegasse do consultório. Otávio, o irmão de Deinha, tentou dissuadi-lo.

— Vive, meu cunhado! Não estamos mais nos anos 1930. Mulheres trabalham fora. Te atualiza, homem! Deixe que Deinha trabalhe! Vai fazer bem a ela e bem a ti, pode ter certeza, sei do que estou falando. Sem falar que a renda da casa vai mais que dobrar, a vida de vocês vai melhorar. Arranjo um trabalho simples, meio expediente, só pela manhã, que não a afastará de casa por muito tempo. Deixe de besteira! Nem pareces doutor!

— Deinha não precisa de emprego, Otávio. Deixe nossa vida, que nós sabemos como resolver. Estamos muito bem como estamos!

Deinha insistia. Voltava ao assunto quando sentia bom momento, ia comendo pelas beiradas, lidando com o marido do jeito que sabia lidar, e só ela sabia.

— Vive, nós podemos ter uma vida melhor, muito mais folgada financeiramente. Poderíamos viajar, nos distrair. Otávio disse que me arranja um emprego de poucas horas e com salário bom. Deixe de ser teimoso!

— Eu ganho o suficiente para suprir a casa e nossas vidas, Deinha. Não precisamos de luxos. Você, por acaso, tem sentido falta de alguma coisa aqui em casa? Tem passado alguma necessidade que eu não saiba, Déia? Alguma coisa que deseje e não pode ter?

— Não, Vive! Claro que não! Não é isso que quero dizer! Mas vai ser bom trabalhar fora, sair de casa, conhecer pessoas, ter responsabilidade profissional. Me sentir útil, Vive.

— Oxe! E você não é útil aqui, Déia? Aqui você é mais do que útil! É imprescindível! Você é insubstituível!

Mas o que Deinha não confessava ao marido é que precisava de oxigênio. Amava-o com todas as forças, mas sentia necessidade de respirar outros ares, um pouquinho por dia, que fosse. Voltou ao assunto com Otávio. Depois de ouvi-la, o irmão a acalmou.

— Deixe estar que vou resolver teu problema, minha irmã. Já falei pra Vive que teu trabalho seria só meio expediente. Sabes que tenho meus contatos poderosos, não sabes? Tenho minhas entradas aqui e ali, sei por onde andar, fica tranquila! Vamos deixar que Vive vá se acostumando com a ideia aos poucos e logo ele aceitará que trabalhes, pode acreditar.

Otávio, realmente, tinha seus poderes. Em Beira Alegre, era oficial do Exército e ali começou a entender os meandros do poder, e a gostar das estratégias para tal. Poucos meses após a partida da irmã para o Rio de Janeiro, foi comunicado que seria transferido para a mesma cidade e ficou exultante! O Rio era terreno fértil para suas ambições. Cidade grande, com gente civilizada, poderosa. Quando desembarcou na cidade, chegou a morar por alguns meses com a irmã e o cunhado. A Vive não agradou o jeitão simpático, sedutor — e por que não dizer? — um tanto quanto escuso, do cunhado.

— Esse seu irmão, Deinha, não me leva nas dele. A mim não me engana. Não lhe tiro meu chapéu!

E Vive tinha razão.

O IRMÃO

Otávio era daqueles sujeitos escorregadios. Deslizava nas palavras, nos gestos, nas intenções. Se tratava alguém com cuidado e gentileza, sem sombra de dúvida tinha algum proveito a tirar do sujeito. Queria sempre convencer alguém de alguma coisa que ele, e só ele, sabia.

"Ouvi de uma pessoa muito influente, que me contou isso em segredo absoluto. Te conto aqui, agora, porque confio que não contarás a ninguém. Te quero muito bem, meu amigo, e posso te ajudar com isso." A frase era mote que sempre saía de sua boca para, sorrateiramente, extrair algo do iludido amigo. Usava da segunda pessoa para se dirigir aos outros, porque achava que assim seria visto como homem de cultura e inteligência profundas. Com o tempo, se tornou hábito de linguagem.

Assim como a irmã, socialmente era puro carisma. Porém, sem as boas intenções de Deinha. Deinha pensava nos outros. Otávio pensava em si mesmo. Era do tipo que sempre consegue um jeitinho com quem quer que seja, para conseguir o que quer que seja, para quem quer que seja, porque aquilo certamente resvalaria em benefício para ele em algum momento. Recém-chegado ao Rio, logo fez amizades um tanto suspeitas e de puro interesse. Sua simpatia e bom relacionamento social fizeram com que conseguisse, poucos anos depois, se eleger vereador da cidade.

Casou com Tutinha, filha mimada, ingênua, improdutiva e acomodada à vida luxuosa, de um deputado influente e tão suspeito quanto ele, que o ajudou a galgar sucesso na carreira política. Foi quando pôde, com alívio, abandonar a carreira militar, à qual jamais fora afeito.

— Aquilo não dá futuro pra ninguém! Aquilo é pouco, pra gente como eu! Gente como eu vai além — esbravejava, debochando.

E Otávio tinha influência. Portanto, quando disse à irmã que lhe arranjar trabalho não seria problema, com certeza não seria. No mínimo, arrumaria um emprego que lhe tomasse pouco tempo, para não incomodar o cunhado, ou até mesmo ao qual sequer precisasse comparecer.

— Pra que trabalhar? Pra gente como nós, o importante é ter emprego! — ria.

E foi o que aconteceu.

TRABALHO PRA NINGUÉM BOTAR DEFEITO

— Deinha, minha irmã, te arranjei um emprego dos bons, de jeito que Vive não vai achar defeito! E é na Prefeitura, ele vai gostar. Não vais nem precisar ir à repartição. Basta que assines o ponto e, ainda assim, algum funcionário levará o livro à tua casa pra que assines. Trabalho bom como o quê, Déia. Difícil de achar por aí. Quero ver teu marido reclamar desse. Pra ti não poupo suor, minha irmã. Comigo não tem erro, comigo você pode sempre ficar tranquila.

— Sim, Vive vai gostar de eu não precisar sair de casa. Mas o que eu queria mesmo era trabalhar, meu irmão! Ir à repartição, mostrar serviço. Sou capaz, você bem sabe.

— Claro, minha irmã! És mais capaz que qualquer um, sei disso! Mas vamos com calma. Dessa maneira vamos amansando teu marido. Deixemos que ele se acostume aos poucos à ideia. E com a renda da casa crescendo, e vai crescer muito, Vive verá como é importante tu trabalhares!

— É, pode ser. Vamos deixar assim por enquanto. Com o tempo Vive vai ceder, se Deus quiser!

— Vai ceder, Déia, acredita em mim. Tu sabes que não perco jogo nenhum nessa vida, não sabes? Não será agora teu marido a me dobrar!

Deinha vibrou. Teriam mais dinheiro em casa, ela poderia ajudar mais Baixinha, que vinha tendo problemas nas pernas. Vó Jacira merecia ganhar móveis novos para a casa que estava construindo. E tinha Tetê, tão cuidadosa com as crianças e com a casa! Veria de que Tetê precisava, decerto haveria algo em que ajudar. Mariinha estava bem, não a preocupava. Por sua vez, Vive fechou os olhos e suportou, não sem sacrifício, mais esse desvio de conduta do cunhado. Imaginava as manobras com que ele teria arranjado aquele emprego. Ver a esposa envolvida naquilo o incomodava, mas suportou.

— E vamos vendo mais uma das falcatruas de teu irmão! Cuidado, Deinha! Vai que isso pega e você se torna uma mulher com desvios morais como ele! Isso seria grave! Não te deixe levar pelas artimanhas e falcatruas de Otávio. Aquele ali é um cafajeste de marca maior, é isso que é! E se vai trabalhar com ele, Déia, todo cuidado é pouco, hein!? Cuidado pra não entrar desavisada em alguma arapuca dele, pôr teu nome em qualquer papel e te sujar com isso!

— Nada de mal vai me acontecer, Vive. Nem vou à repartição. Alguém me trará o livro do ponto para que eu assine aqui em casa mesmo. Por enquanto, vai ser assim.

— O quê???? Você vai receber salário sem trabalhar? Melhor me calar agora, Déia, porque se eu falar o que estou pensando, me arrependo até do que não falei.

Deinha fazia ouvidos de mercador às críticas de Vive ao irmão. Sabia que o marido tinha muitas razões para pensar o que pensava de Otávio, mas quando se tratava dos seus, ela cuidava de ver apenas as qualidades. Não demonstrava perceber quaisquer defeitos que porventura tivessem, embora percebesse todos com rara sagacidade. Acreditava que, não os revelando, os outros jamais os veriam. Mas, na verdade, todos viam, todos sabiam que todos viam, todos calavam, e todos sabiam que todos calavam. E a vida seguia, reta e impassível.

Otávio, mais uma vez, provou estar pronto a cumprir o que prometia à irmã. Deinha sequer saía de casa e recebia um salário bem maior que o de Vive como dentista. O marido não dava importância à diferença de salários.

— Que bobagem esse negócio de que mulher não pode ganhar mais que o marido. Qual o problema? Gente que insiste nisso é gente frustrada, gente desocupada da vida. Há problema mais grave nessa história de vocês, não é, Déia?

— É verdade, Vive. Mas qual o problema mais grave nessa história?

— Você está mesmo bem com tudo isso, Deinha?

— Com tudo isso o quê, Vive? Fale logo o que tem pra dizer!

— Essas armações de teu irmão, Déia, não me entram bem. Não adianta, não me descem.

— O que é agora, Vive? Qual o problema?

— Você receber sem trabalhar é bem cara de Otávio. E não gosto, Déia! Não gosto! Não adianta! Esse jeito de viver de teu irmão não me agrada. E me agrada ainda menos você estar se beneficiando das falcatruas dele.

— Otávio disse que assim que eu quiser posso começar a trabalhar na Prefeitura, Vive. Sossegue. E foi você mesmo que não quis que eu trabalhasse fora de casa, não foi?

— Deinha, amo você e vou querer sempre te agradar, pois é isso que me faz viver. Mas eu não imaginava que ficaria tão angustiado dessa forma. Não consigo ir contra mim mesmo.

— Vive, falo com Otávio amanhã cedo e ele arranja que eu trabalhe de verdade. Isso não vai destrambelhar nossa vida aqui em casa, você vai ver. Combinamos de eu ir enquanto você estiver no consultório.

— Sim, fale com ele, vá! É a solução. Não consigo aceitar que sejamos beneficiados de maneira tão inescrupulosa. Não é de minha índole aceitar isso. E não é de minha índole, também, aceitar que ele te arranje trabalho por debaixo dos panos. Mas se isso te faz bem, que seja. E peça que ele corra, por favor. Ganhe por merecer ganhar. Não ganhe desmerecidamente. Isso vai me serenar.

Deinha percebeu a profundidade do mal-estar do marido. Tudo com Vive era demasiado. Seu marido sempre sentia as coisas em excesso e era preciso tomar cuidado com isso. E, principalmente, ela lhe deu razão. O marido tinha razão. E foi justamente isso que tanto admirara nele quando o conhecera — a correção, o pensar reto, o olhar direto, o não lançar mão de meias palavras. Não esperou e, na manhã seguinte, ligou para o irmão:

— Otávio, não quero receber sem trabalhar.

— Por quê, Déia? Que mal há nisso? Estás te contaminando com as manias de teu marido, hein!? Cuidado, minha irmã!

— Não tem nada com Vive, Otávio! Não me sinto bem em assinar ponto sem trabalhar. Arranje que eu comece logo.

— Se é o que queres, minha irmã, verei o que posso fazer por aqui e logo te aviso quando começas. Mas não te entendo. De verdade, não te entendo. Querer trabalhar! Isso é coisa sem pé nem cabeça, ouça o que te digo!

Poucos dias depois, Deinha passou a trabalhar no prédio da Prefeitura. Vive se tranquilizou. Ela não cabia em si de alegria! Gostava da rotina de sair cedo de casa, caminhar até o ponto, pegar o mesmo bonde todos os dias, descer na esquina da Prefeitura e assumir seu posto. Claro, já sabia o nome da filhinha do motorneiro, do que a menina gostava e quando tinha gripe. Levava presentinhos pro moço que lhe chamava Dona Deinha, a melhor passageira do Rio de Janeiro. E, por sua rara eficiência, chegou a ser nomeada diretora de sua seção. Vive percebeu que não perderia seu tempo com a esposa. Enquanto estava no consultório atendendo seus pacientes, ela trabalhava na repartição, isso não era mau. Deinha estar em casa quando ele chegasse do consultório lhe bastava. E ver a esposa feliz, como sempre, ah, como o fez feliz! O dinheiro a mais também não lhe caiu mal, teve que reconhecer.

Mas não deixava de, no fundo, se lamentar:

— Diacho! Esse trabalho de Deinha bem que podia não ter vindo daquele excomungado do Otávio! E que o salafrário não me apronte nenhuma das dele com ela!

MÃE E FILHO

O tempo não conseguia arranhar a beleza de Vive. Ao contrário, os primeiros fios brancos no cabelo farto, sempre penteado pra trás, realçavam ainda mais os olhos verdes na pele morena. O tempo vinha mesmo sendo generoso com aquele homem. Redesenhou os traços já perfeitos, aperfeiçoando-os ainda mais, e provando ser possível aperfeiçoar o perfeito. Mas incomodava-o aparentar ser mais jovem que a esposa. Trazia em si a ideia de que, se mais velho fosse, seria declaradamente o provedor, o protetor, o marido. Deinha dizia ser bobagem aquela preocupação, mas o incômodo do marido se acentuava a cada dia, principalmente quando os tomavam como mãe e filho, o que não era raro. Ela não se importava e ria. Mas se incomodava com o incômodo do marido, que tomava como exagerado e desnecessário.

Certa vez, a passeio num hotel, Vive subiu correndo as escadas, saltando ágil, de dois em dois degraus, pra buscar qualquer coisa no quarto. Assim que o marido desapareceu de vista, duas mocinhas chegaram até Deinha.

— Com licença, senhora! Seu filho vai descer de novo?

— Meu filho?

— Sim, o que subiu as escadas agora mesmo. É seu filho, não é? Minha Nossa Senhora, ele é bonito demais! Será que podemos conversar com ele?

— Sim, já já ele desce. Podem esperar e conversem à vontade — respondeu ela, prendendo o riso.

— Que absurdo! — reclamou ele quando Deinha, às gargalhadas, lhe contou o ocorrido. — Não têm inteligência pra perceber sequer o que está à sua frente. São umas obtusas! Desqualificadas! Ignorantes! E umas deseducadas, além de tudo!

Deinha ria. Mas reparou que, também nessa questão, as coisas com Vive não eram leves. Ele começou a reclamar de dores inexistentes, a andar encurvado e, não raro, a gemer.

— Assim não há esqueleto que aguente! Você vai terminar entortando seus ossos, Vive! Olhe o que estou lhe dizendo! Tome jeito e se conserte! Se aprume! Pare de fingir idade! Nossa diferença não tem a menor importância. Deixe de dar valor ao que os outros falam.

— Minha Déia, estou mesmo sentindo uma alfinetada na perna esquerda sempre que dou um passo. Não é o caso de tomar jeito, minha querida. Preciso consultar dr. Estrela pra uma medicação.

— Te avexe, Vive! Você pensa que me engana?

Mas Vive não se corrigia. Ao contrário, tentava aumentar a todo custo a década de sua idade. Se estava ao lado de Deinha, descia alguns tons o timbre da voz para soar desgastada pelo tempo pelo qual não passara.

Certa tarde, Eliza, já mais crescida, conversava com amigas na sala de estar de casa. Vive descia as escadas, distraído, assoviando, quando ouviu as amigas da filha comentarem.

— Meu Deus, Eliza! Que pedaço de homem é teu pai! Nossa! O que é isso? Nem parece pai, menina! Ah, se ele não fosse casado! Tua mãe que se cuidasse!

Aborrecido, ele deu meia-volta e retornou ao quarto. Minutos depois desceu as escadas novamente, mas dessa vez encurvado, vestindo um colete ortopédico à mostra e fingindo gemidos de dor. Eliza conhecia o pai e sorriu. Sabia o que ele pretendia e agradeceu seu amor pela mãe. Não contou às amigas, que se espantaram com a radical mudança e se calaram. *Graças a Deus!*, pensou a filha. Mas a mãe se preocupava.

— Vive está cada vez mais obcecado, Eliza. Está desenvolvendo ideias absurdas — dizia à filha. — Não deixa eu me afastar dele por dois minutos, se preocupa demais com o que os outros pensam de nossa diferença de idade... Seu pai está criando teia pra se enroscar, ouça o que estou dizendo!

Mas não havia o que fazer. E deixava a vida seguir.

MINHA QUERIDA, EU NÃO ENTENDO O PORQUÊ DESSA VIDA!

Deinha era pessoa leve, feliz. O bom humor era sua marca registrada.

— Eu, hein! Pra que viver de mau humor nesse mundo de Deus? Mau humor é perda de tempo e não tenho tempo a perder.

Era consciente e, principalmente, grata pelo que a vida lhe havia concedido. Agradecia o amor raro que encontrara em Vive. Agradecia a família linda que conseguira construir. Agradecia pelas mulheres sábias que a rodeavam — roda poderosa de energia, que alimentava o espírito de sua casa. Agradecia à vida. Agradecia a Deus! Agradecia!

Mas, às vezes, sucumbia à saudade. Saudade dos muito poucos que deixara em Beira Alegre. Saudades da querida amiga Amália, com suas descabidas estripulias. E, principalmente, saudades de sua amada irmã Nininha. A falta que sentia de Nininha tirava-lhe o ar. Nesses momentos, subia ao seu "quarto de tralhas", como gostava de chamar. Ali podia respirar. Podiam estar tranquilas, só ela e sua saudade. Ali ninguém entrava, a não ser que fosse convocado — todos sabiam que era seu único e exclusivo refúgio, era onde ela podia escutar o silêncio, coisa rara na casa.

— Hoje é dia de Deinha quieta, gente! Sosseguem! Não se assanhem por nada.

Abria o pequeno baú onde guardava as cartas da irmã. Decidira guardá-las, apesar da insistência de Vive de que deveria se desfazer delas.

— Deinha, o que temos dentro de nossas lembranças é o único que jamais perderemos, minha querida. Jogue essas cartas fora. Elas te doem. Lembranças em papel são futura poeira, meu amor!

Mas Deinha gostava do ritual — abrir o baú, tocar o maço de cartas, cheirá-lo, desamarrar devagar a fita amarela que as prendia e relê-las. Nesses momentos, consolava-a "ouvir" a irmã. Relia e relia a frase que Nininha repetia em todas as suas cartas. Aquele desabafo que não lhe saía da cabeça, martelando como torneira pingando em pia vazia. Plin plin plin plin... *Minha querida, eu não entendo o porquê dessa vida.*

— Nem eu entendo, minha irmã! — falava em voz alta, como se a irmã ali estivesse. — Como entender algo assim? E será que existe nesse mundo uma única alma que entenda?

E repetia a frase em voz alta, repetia, repetia... como se, repetindo-a, trouxesse Nininha ali, para escutá-la. Repetia como frase sua para a irmã, não da irmã para ela:

— Minha querida, eu não entendo o porquê dessa vida. Minha querida, eu não entendo o porquê dessa vida. Minha querida, eu não entendo o porquê dessa vida.

Perdia-se naquelas cartas.

— A caneta era tão sua amiga. Como você escrevia bem, Nininha!

Largava o corpo na poltrona de couro desgastado e fechava os olhos. Nessas horas pensava na amiga Yolanda. Yolanda, a vizinha carioca que insistia que Nininha vivia e que apenas se encontrava em outro plano. E que era possível entrar em contato com ela.

— Será possível Yolanda estar certa? — perguntava-se. — Se sim, onde estará você agora, Nininha? Será que está mesmo num lugar lindo e confortável, sorrindo, vivendo livre de dores e sofrimento, como diz minha amiga? Será que podemos mesmo nos falar novamente, minha irmã? Seria tão maravilhoso! Devo acreditar nisso? Se sim, por favor, me dá um sinal, minha irmãzinha! Por favor, me dá um sinal!

Yolanda não desistia:

— Acredita, Deinha! Nossa vida não acaba aqui. Há muito mais coisas além do que conhecemos nesse nosso mundo. E voltamos pra esse mesmo mundo, sim, sempre voltamos. Em outro corpo, com outro nome, para outras experiências e novos aprendizados, mas voltamos! É assim que crescemos.

— Não acredito nessas coisas, Yolanda! Certo mesmo é que, ao morrer, nos encontramos com Deus. Estaremos ali, com Ele e Nossa Senhora, com a graça de ambos. Mas voltar pra esse mundo depois de mortos? Não acredito.

— Pode ter certeza do que estou te falando, Deinha. É assim, ou não me chamo Yolanda! Já vi coisas que você nem acredita! Só vendo pra acreditar!

— Não sei. Prefiro acreditar no que tenho certeza.

— Qualquer dia ainda te levo ao meu centro! Aí você vai acreditar no que estou dizendo.

— Está louca, Yolanda? Nem pensar! Deus me livre e guarde! Não vou a centros espíritas, que nada! Nem tenta, pois vai perder seu tempo.

— Deixa estar, que a vida de alguma forma ainda vai te mostrar. Você é boa demais pra não ver essa luz.

Deinha queria tanto acreditar nas palavras de Yolanda! Seria tão bom saber de Nininha feliz, abraçada por pessoas queridas! Seria tão bom falar com ela!

— Você acha possível, Vive? Nossos antepassados todos lá em cima, em algum lugar bom?

— Ihhh! Ia ser uma bagunça danada, hein, Deinha? — ria Vive. — Imagina se todo mundo que morre vai pra lá! Vai chegando um, e outro, e mais outro.... Já pensou o tanto de gente que ia ter, todo mundo amontoado, um por cima do outro? Porque não ia caber, né? Que confusão danada que não seria, hein?

— Não brinca com essas coisas, Vive! Não é nada disso que Yolanda fala! Não ouviu nada do que te falei? Eles não ficam lá pra sempre. Nascem de novo em outro corpo, como outra pessoa, entendeu?

— Deinha, o que sei mesmo é que sou Vive e você é Deinha. Nossa vida é aqui e agora. Não sou dado a ficar fazendo elucubrações. Não me atento a essas coisas. Pra mim, o que vejo, é. O que não vejo, não é. Assim é que são as coisas. Nosso tempo é agora, Déia.

— Mas eu queria tanto que fosse verdade, Vive!

— Então acredita e pronto, Déia! Para de se perguntar se é ou não é, e acredita logo! Porque assim você vai poder viver a vida de forma plena, sem todas essas perguntas sem resposta na cabeça, atrapalhando o seu agora.

Deinha saía acabrunhada dessas conversas. E deixava pra lá. Jogava suas saudades de volta ao pequeno baú e o fechava. Espantava as perguntas de sua cabeça e voltava à vida, como a Deinha alegre de sempre.

Numa tarde em que acabava de chegar do trabalho, o telefone tocou e ela correu a atender. Era Yolanda.

— Deinha, vai ficar em casa hoje ou vai sair?

— Fico aqui. Hoje não tenho nada à tarde. Vou costurar com Jacira uns cortes de tecido que comprei, nada demais.

— Então diz a Jacira que hoje vocês não costuram nada, porque hoje você vai comigo ao centro da cidade. Aninha ia comigo ao centro espírita, mas deu febre no menorzinho dela e ela não vai mais poder ir. E você sabe que não posso ir sozinha, né? Meu Jorge não chega a ser tão exagerado como seu Vive, mas não me deixa ir sozinha ao centro de jeito nenhum. Por favor, me acompanhe! Não gosto de ficar uma semana sem receber meu passe.

— Eu ir a teu centro espírita, Yolanda? Está louca? Já te disse que não sou dessas coisas. Não vou, não.

— Por favor, Deinha! Te prometo que não te apresento a ninguém, você não vai ter que falar nada nem fazer nada. Pode ficar nos fundos, só assistindo. Ou lá fora mesmo, se preferir não assistir à sessão. Quando terminar meu passe, saio logo e voltamos pra casa. Vamos comigo! Por favor, minha amiga, me ajude nisso!

— Ah, Yolanda, não dá, não! Você sabe que não gosto dessa ideia. Já conversamos sobre isso muitas vezes e eu te fui muito clara. Sou de outra religião, não quero misturar as coisas.

— Mas você não vai misturar nada, Deinha! Só vai me acompanhar. Te prometo que você não vai ter que fazer nadinha de nada. Só vai ficar lá num cantinho e pronto, ninguém nem vai te ver. Não me abandone, minha amiga!

— Yolanda, Yolanda! Se plante! Você é uma pidona, é isso que você é! Está bem! Vou com você, mas só vou porque você me prometeu que ninguém vai nem saber que passou uma tal Deinha por lá.

— Prometido! Passo em sua casa às três e seguimos pro centro.

Como combinado, Yolanda passou na casa de Deinha. Caminharam até o ponto e pegaram o primeiro bonde. Chegaram rápido. A amiga cumpriu a promessa e não apresentou Deinha a ninguém. Apontou-lhe um canto isolado onde poderia sentar meio escondida e foi ela mesma se sentar numa das cadeiras enfileiradas na frente da sala.

— Vou-me sentar na fileira da frente. Assim sou atendida primeiro e saímos cedo.

Deinha observava tudo, curiosa. De repente todos calaram, quando uma moça morena, bonita, alta, óculos modernos coloridos, cabelos bem escovados e bem penteados, unhas vermelhas, chique, se levantou e foi à frente da sala. Não se apresentou — com certeza era conhecida ali —, cumprimentou os presentes e abriu os trabalhos. Todos da sala, atentos, ouviram-na falar sobre vida e morte, crença, ciência e fé.

Interessante, essa mulher! Não veste roupas esquisitas, não é tacanha, é moderna. Por essa eu não esperava! Poderia ser qualquer amiga que frequenta minha casa, reparou Deinha.

Quando a moça parou de falar, cinco ou seis pessoas se levantaram e se postaram, de pé, diante de algumas poucas cadeiras vazias encostadas na parede dos fundos da sala, de frente às dos ouvintes. Fecharam os olhos e permaneceram ali, defronte das cadeiras vazias, concentrados, mãos erguidas, como que esperando por algo. Alguns ouvintes, dentre eles Yolanda, se levantaram e se direcionaram para as cadeiras vazias.

Vão se sentar nas cadeiras do fundo. Deve ser a hora de receberem o passe, pensou.

Porém, aquele movimento foi interrompido por um senhor de fartos cabelos brancos que, Deinha tinha reparado, até há pouco permanecera sentado a uma mesa, olhos fechados, cabeça pousada numa das mãos e lápis na outra, escrevendo algo com rapidez, sem sequer olhar o que escrevia. O homem parou de escrever e levantou um dos braços. Todos pararam de se movimentar e se calaram, encarando-o. Ele, então, abriu os olhos e se dirigiu a todos da sala.

— Há nesta sala alguém de nome Déia?

Deinha gelou. Lançou rápido um olhar inquisidor para Yolanda que, assustada, balançou negativamente a cabeça como que dizendo: "Não fui eu! Não falei de você com ninguém". Deinha acreditou na amiga e ficou onde estava, sem fazer qualquer gesto, sem emitir qualquer som. O senhor insistiu.

— Se há alguém nesta sala de nome Déia, ou Deinha, por favor, se apresente. Tenho um recado importante para você.

Yolanda lhe gritou em gesto sem palavras, olhos arregalados impositivos: "Vá!". Deinha tremia. Acedeu à amiga. Levantou a mão lentamente, receosa não sabia de quê, e disse baixinho:

— Sou Deinha!

— Venha até aqui, minha filha. Chegue! Não precisa ter medo.

Quando chegou à mesa onde estava o senhor, este, sem lhe dizer palavra, lhe estendeu um papel com rabiscos. Feios, mas inteligíveis rabiscos. Nele estava escrito:

Minha querida, agora eu entendo o porquê dessa vida.

A RESPOSTA

— Pois foi como te contei, Vive! Estou te dizendo! Exato como te contei! Não mudei uma vírgula! Não é impressionante? Pedi um sinal e Nininha me deu!

— Que bom, Deinha! Fico feliz que você tenha passado por isso. É bom te ver tão aliviada.

— Você ainda não acredita, não é? É difícil de acreditar, mesmo. Eu mesma relutei tanto.

— Não é isso, é que…

— Ninguém ali sabia de mim, Vive! — interrompeu-o Deinha. — Yolanda não falou pra ninguém que eu estava lá. E Yolanda, mesmo, nem sabia das cartas de Nininha. Então, como aquele homem pode ter chamado pelo meu nome, e com a frase que Nininha sempre repetia nas nossas cartas?

— Deinha, minha querida. Eu vivo nesse mundo em que estamos eu, você, nossos filhos e toda essa mulherada que você encasquetou de amontoar em nossa casa pra viver com a gente. Vivo aqui, com o que enxergo à minha frente, com o que posso tocar. Meu tempo, meu amor, é agora. Se há ou não algo além disso tudo que enxergo, não compete a mim negar ou afirmar. Nascemos sem certezas. Não quero perder tempo imaginando o que não vejo. E se o que não vemos for pra ser deixado de lado enquanto estamos aqui nessa vida? Jamais saberemos, minha Déia. Mas estou feliz por você ter recebido a mensagem de Nininha.

— Ah! Então você acredita que recebi!

— Claro que acredito! Você viu a mensagem na sua frente!

— Então o que te faz não acreditar, Vive?

— Já te disse, meu amor, que não é que eu não acredite. Apenas não afirmo. Deixemos que as respostas fiquem com quem tem essas certezas. E sorte de quem as têm, porque é duro viver cheio de perguntas sem resposta! Sorte a sua, de ter a resposta em seu coração.

— Ah, Vive! Agora eu tenho mesmo a resposta. Eu vi na minha frente essa resposta. Tudo bem deixarmos tudo isso de lado pra vivermos o que enxergamos no aqui e agora. Mas que apaziguou meu coração ler o que Nininha me escreveu, ah, Vive, apaziguou demais. Eu choro de alegria quando lembro. É tão bom! Depois do que li, sei que Nininha está bem. Porque as palavras eram dela. Nininha falou comigo, Vive, pode ter certeza disso! Meu Deus, obrigada! Que alívio!

— Fico feliz, minha querida. Você sabe que você estar feliz é tudo que preciso pra que eu também esteja.

CADA UM TEM SEU JEITO

Deinha e Vive proporcionavam aos filhos uma vida privilegiada. Eliza e Jamil cresceram em clima amoroso, com direito à ótima educação, mas também com os pés sujos de terra na hora das brincadeiras. Viveram o ambiente de toda criança saudável. Naquela casa, o amor era esparramado por todos os cantos: nos olhares, nos gestos, nas palavras. Havia rara cumplicidade entre os pais e isso se refletia nas crianças. Cresceram seguros do que desejavam, e bem mais livres do que a maioria de sua geração.

Vive e Deinha tinham adoração pelos dois filhos. O brilho que Eliza prometia desde o berço se concretizou. Era carismática, divertida, inteligente. Desde novinha partilhava com o pai o amor pela poesia, pela música, pelos livros, pelas frases especiais ditas por personalidades especiais. Orgulhoso, o pai a incentivava:

— Eliza, venha cá, minha filha! Escute isso! Olhe que frase maravilhosa! Bonito de se ver, não é? Isso se chama talento, filha! Talento! Não se vê fácil por aí!

E conversavam, pai e filha, por horas a fio. Discutiam interpretações de poemas. Indicavam livros um ao outro. Analisavam letras de músicas. O pai a adorava!

Já Jamil era de linha diferente à da irmã. Menos ligado à música e aos livros, era dado aos esportes. Tinha agilidade e inteligência. E possuía uma simpatia incomum, estava sempre de bom humor, raramente reclamava, ria por tudo, tinha amigos. Jamil era daqueles que nascem de bem com a vida, o que atraía quem nele pousasse os olhos. Todos o queriam por perto.

Muito unidos, os irmãos cresceram livres. Na infância, o quintal grande da casa 53 lhes permitia subir em árvores, brincar de amarelinha, de queimada, de tudo de que se brincava à época.

Porém, apesar da amorosidade, Vive era rígido com relação à educação. Não queria filhos despreparados para a vida.

— Como vão as aulas de francês, meninos? E as de inglês? Tem praticado o piano, Eliza? Já terminaram os deveres? Que livro você está lendo, Jamil?

— Deixe as crianças respirarem, Vive! — reclamava Deinha, quando via que a pressão estava demasiada.

— Criança não resta criança pra sempre, Deinha! Criança cresce, vira adulto! E adulto sem preparo não vence na vida, tenha certeza disso. Nossos filhos têm que ter boa formação pra que possam viver bem. E pra que nós também possamos viver bem quando a idade chegar.

Das aulas de inglês, com a professora particular contratada pelos pais, Jamil era desinteressado. Pudera! A insensível mestra levava bonecas com roupinhas para dar suas aulas. Ensinava inglês às crianças ensinando-as a cuidar da "neném", a escolher as roupinhas adequadas e como se comportar em diferentes ocasiões. Ora, o menino não queria brincar de bonecas! Entediava-se, claro! Sua mente vagava, pensando em coisas mais interessantes para ele, e não aprendia a, para ele, tediosa língua estrangeira. Tampouco teve coragem, ou maturidade, para contar aos pais a razão de seu desinteresse. Enquanto a irmã se desenvolvia a olhos vistos no inglês, o menino não saía do bê-a-bá. Vive se preocupava e sempre voltava ao assunto com Deinha, não importa o que ela estivesse fazendo.

— Jamil não tem atração por livros, Déia. Como pode uma coisa dessas??? De que esse menino há de gostar? Ao menos inteligência não lhe falta, isso me alivia. Precisamos encontrar logo a que esse menino se prende, o que lhe interessa. Ainda não consegui descobrir como lê-lo.

— Deixe o menino, Vive! Jamil não se interessar pelas mesmas coisas que você e Eliza não o faz menor. Cada um tem seu jeito de ser. Aliás, também não sou dada a essas discussões intermináveis entre você e Eliza. Por mim, bastariam dois minutos pra falar de um livro e pronto. Que tédio quando vejo vocês perderem horas discutindo sobre uma única frase! Como podem ter tanto a falar, meu Deus? Talvez Jamil tenha puxado a mim. Deixe que já já saberemos o que interessa ao nosso filho. Há tempo pra isso, não ponha os burros à frente da carroça!

— Burros à frente da carroça, Déia? Você conversa comigo distraída, fazendo outra coisa, e dá nisso! Está dizendo burro à frente da carroça? Largue essa agulha e me dê atenção! Me diga: onde é que os burros deveriam estar? O que você quis dizer não seria "a carroça na frente dos bois"?

— E você não me entendeu, Vive? Quer mais o quê? Burro na frente da carroça, carroça na frente dos bois... não importa. Deixe Jamil viver o tempo dele. E me deixe terminar a costura que prometi a Eliza.

— Que ideia é essa, Deinha? Deixar Jamil viver o tempo dele onde? O tempo não corre só pra nós, não. Corre pra eles também, não se esqueça. Mas você talvez tenha razão. Vamos ficar atentos e esperar, dar tempo ao tempo. Qualquer hora há de surgir algo que o interesse.

Vive saía dessas conversas sorrindo: "Burros na frente da carroça... onde já se viu? Essa minha Déia é mesmo espetacular!".

Certa vez, Vive e o amigo Arnaldo, a quem Jamil chamava tio Arnaldo, assistiam a uma partida de futebol no Estádio do Maracanã, ambos com seus filhos já adolescentes. Um torcedor desavisado brincou com Arnaldo, ofendendo-o. Jamil se adiantou, não pensou duas vezes e deu-lhe um safanão.

— Ninguém mexe com tio meu!

Todos acorreram para salvar o infeliz galhofeiro. Quando chegaram de volta à casa, Vive contou à esposa o ocorrido, sem conseguir disfarçar certo orgulho na voz.

— Foi um safanão dos bons, Deinha! O pobre infeliz caiu pra trás que nem Boneco de Olinda! Esse Jamil! Não deixou pra menos! Arnaldo ficou todo feliz. Pequenininho daquele jeito que é, chegou a levantar o queixo pro infeliz no chão. Porque ser ofendido assim de graça não é pra qualquer besta, não é, não? É, Deinha, talvez nosso menino seja mesmo dado aos esportes.

Muitas vezes Eliza e Jamil se ressentiam da cobrança exagerada do pai. Arquitetavam meios de se livrarem. Detestavam as aulas de inglês e de francês, entediavam-se com o piano. As soluções que encontravam, em suas cabeças de criança, nem sempre eram as ideais, mas às vezes atingiam seu objetivo. Como certa vez, na prova de francês, quando combinaram de errar propositalmente as respostas. Ao ver as notas dos dois, o pai se revoltou.

— Não estou aqui pra desperdiçar dinheiro com quem não quer aprender! — E tirou-os das aulas.

Anos depois, os irmãos já adultos comentavam entre si:

— Que bobagem fizemos, hein, Eliza? Podíamos estar falando quantas línguas agora? Bobeamos.

— É, Jamil! Perdemos nosso tempo! Mas passou, não adianta chorar o leite derramado.

— É! Terminamos bem, pelo menos. Temos bom trabalho e conseguimos levar bem nossas vidas.

Realmente conseguiram boa formação. Mas, com os próprios filhos, Jamil não teve dúvida — aplicou os mesmos métodos do sr. Vive. Por garantia!

O PRIMEIRO NAMORO

Rio de Janeiro, 1947

Aos treze anos, na festinha de uma amiga de escola, Eliza conheceu Nilo, um rapaz de dezesseis anos extremamente tímido. De olhos azuis profundíssimos, sob fartos cabelos negros, Nilo era belíssimo. Na festa, venceu a timidez e conseguiu chegar até Eliza para tirá-la pra dançar. Dançaram durante toda festa e ao final ele conseguiu, de novo com extremo esforço para superar a timidez, pedir-lhe o telefone. Disse que gostaria de encontrá-la novamente.

Dias depois, Eliza contou, exultante, à mãe.

— Mãe, lembra do menino bonito de quem te falei? Aquele que conheci na festa da Diná? Pois é! Telefonou e me convidou para nos vermos de novo. Não é maravilhoso????

— É mesmo, Eliza? Você terminou dançando a noite toda com o mais bonito e mais simpático da festa, e ainda por cima ele quer te ver novamente! Que bom! Mas esse garoto é menino direito, mesmo, filha? Te cuida, hein, menina, porque está cheio de marmanjo aproveitador por aí.

— Os meninos da escola dizem que ele é ótimo, mãe! É rapaz direito. Até os professores gostam dele. Ah, mãe! Sinto que este é o homem da minha vida.

— Se avexe, Eliza! Tão cedo assim? Olha tua idade! Você só tem treze anos, garota! Deixa de ser boba! Você mal conhece esse Nilo! É muito nova pra essas certezas! Ainda tem muita coisa pra viver e muito rapaz pra conhecer. Não pense que a vida é tão clarinha assim, como te parece.

— É ele, mãe, você vai ver! Sei que é ele!

— Está bem, então. Agora vamos ver o que Vive vai dizer disso! Te prepara! E prepara o rapaz, porque você sabe que com teu pai ele vai enfrentar poucas e boas. Vive não deixa nada escapar e não deixa nada sem troco!

Vive realmente não facilitou as coisas para Eliza.

— Quem é esse rapaz, Eliza? Faz o que da vida? É de onde? Mora onde? Quem são seus pais?

— Calma, pai! Nilo tem dezesseis anos e é menino bom, sei disso. Estuda na mesma escola dos meus amigos que você conhece. E todos dizem que ele é dos mais corretos. Mora aqui mesmo no bairro. Só vamos passear na praça.

— Pois que venha antes até aqui para que eu o conheça! Não deixo você se encontrar com qualquer rapazote que apareça por aí! Antes tenho que conhecê-lo!

Eliza conhecia o pai. Não adiantava discutir. E, afinal, àquela época essa era a regra que valia para todas as amigas.

— Não ligue, Eliza! Chame o rapaz aqui. Faço-lhes uma limonada e teu pai vai gostar dele, se é que ele é mesmo como você diz.

— É, mãe! Nilo é educado, como qualquer pessoa que eu traga aqui em casa. E é muito simpático. Você vai ver e vai se encantar, te garanto! Só me ajude, por favor! Nilo é muito tímido e pode se espantar com a cara do papai. Não deixe que ele atrapalhe tudo. Papai sério espanta qualquer um. E gosto do Nilo!

— Deixe comigo, filha! Eu cuido do teu pai. Traga o rapaz. Vai dar tudo certo.

Nilo chegou e logo caiu nas graças de Deinha. Deinha era livre de amarras, gostava de gostar das pessoas. Já Vive analisou milimetricamente o pretenso genro. Olhou-o como águia que protege a cria — olhos duros e desafiadores. Fez perguntas. O rapaz estava apavorado, mas, ainda assim, respondeu a todas com segurança. Aceitou ser investigado. Por Eliza aceitaria tudo. Enfim, Vive permitiu que a filha o namorasse.

— Eliza pode namorar o rapaz, Deinha. Mas que fiquem no muro de nossa casa, um do lado de dentro e um do lado de fora. Ele do de fora, claro!

— Vive! Vamos deixar os meninos aqui na varanda. Jacira fica de olho.

— Não, Deinha, de maneira alguma! Se quiserem namorar, que seja desse jeito, ele do lado de fora do muro, ela do lado de dentro. E mais! Não quero ver o rapazote em minha frente! Assim que chegar do consultório, te ligo da oficina do Armando. Se os dois ainda estiverem no muro, você me mande o moleque ir-se embora. Avise Eliza, Deinha, que isso não é brincadeira. Não quero ver a cara do rapazote!

— Vive, você me espanta às vezes, sabia? Está ficando cada vez pior. Estarem no muro, tudo bem. Mas você não querer ver o Nilo é demais. Aliás, Vive, é Nilo o nome do rapaz! Respeite-o e respeite sua filha.

— Mãe, me dá até vergonha! Papai não confia em mim?

— Não sei se confio também, filha! Na idade de vocês, todo cuidado é pouco. Melhor fazermos como ele diz. Depois vemos como as coisas caminham.

Poucos meses depois, Nilo já tendo provado ser "rapaz de bem", noivaram e foi-lhes permitido dar a volta no quarteirão, de mãos dadas.

— Sim, Déia, podem dar a volta no quarteirão, se assim você quer. Mas que Eliza me toque a campainha daqui de casa cada vez que passarem por nosso portão. Que não me parem em nenhum canto antes de passar por nós!

— E pra que isso agora, Vive?

— E você não percebe o porquê, Deinha? Vai que se demoram fazendo não sei o quê, não sei onde! Todo cuidado é pouco, Déia! Homem é homem e é tudo igual, não tem jeito. E há fogo nesses jovens, posso te garantir! Nunca se sabe quando vão ultrapassar o limite.

O noivado transcorreu bem. Logo os jovens planejavam futuro, sonhavam casamento e filhos, viagens, casa. Deinha se espantou:

— Eliza, não é que você tinha mesmo razão, filha! Nilo é mesmo o homem de tua vida! Que sorte a sua, querida! É mesmo um rapaz muito bom e sei que te fará feliz.

Nilo tinha pressa, queria casar. Não queria perder tempo. Era Eliza a mulher de sua vida, sabia! Mas faltava-lhe condições para sustentar casa e família. Aceitaria qualquer emprego para acelerar o casamento. Encontrou um que não era exatamente o que gostava, nem o que jamais escolheria, mas era o que lhe daria possibilidades de casar. E marcaram data.

Deinha, porém, andava preocupada com um detalhe. Vive continuava a não admitir que alguém soubesse que ela era desquitada e eles não eram casados no papel. Que mãe arriscaria a felicidade da filha por um segredo tão tolo? E se Nilo descobrisse, quando já casado com Eliza, e não aceitasse a situação dos sogros? Ou algum infeliz mal-intencionado, talvez vindo de Beira Alegre, fofocasse a Nilo sobre os sogros? A filha sofreria então as consequências, que poderiam torná-la infeliz. Como a felicidade da filha era o que mais lhe importava, decidiu chamar o (esperava que) futuro genro para uma conversa.

— Pois não, Dona Deinha! Recebi seu recado para vir até aqui.

— Nilo, tenho uma coisa muito séria pra conversarmos.

— Diga, Dona Deinha. Sou todo ouvidos.

— Você pretende se casar com Eliza e...

— Não pretendo, Dona Deinha. Eu vou me casar com Eliza!

— Sim, Nilo, sim. Mas não posso deixar que se casem sem que você saiba o que tenho a lhe dizer.

— Diga, por favor. Estou ficando preocupado.

— Antes de vocês se casarem, você precisa saber que eu e Vive não somos casados formalmente. Eu sou desquitada, Nilo. Me desquitei em Beira Alegre e viemos pro Rio pra fugirmos do falatório que já estava sendo armado por lá. Prefiro que você saiba isso por mim a ouvir de algum fofoqueiro de plantão.

Nilo suspirou longamente, aliviado.

— É só isso, Dona Deinha? Que alívio! A senhora me deu um baita de um susto. Pensei que me proibiria de casar com Eliza.

— Por que proibiria, Nilo? Não sabe que lhe tenho grande apreço? Mas sei que você tem o direito de se recusar a casar com a filha de uma mulher desquitada e não casada com o pai da moça que escolheu. Ou talvez seus pais o proíbam.

— Dona Deinha, isso pra mim não tem a menor importância. E se quer saber, eu já sabia de sua situação com o Dr. Vive. Tenho um amigo que tem família em Beira Alegre, o pai dele esteve aqui no Rio, reconheceu a senhora e o Dr. Vive e veio falar comigo e meu pai, a pretexto de nos alertar. E eu disse a ele o que acabei de lhe dizer, Dona Deinha, isso pra mim não tem a menor importância. O que me importa é que amo Eliza e Eliza me ama. Só isso.

— Que alívio saber disso, Nilo. Seria insuportável saber que minha condição de desquitada seria impedimento para a felicidade de minha filha.

— Jamais, Dona Deinha. Respeito muito a senhora e seu marido. E Dr. Vive? Por que não veio ele mesmo conversar comigo?

— Vive não sabe que estou contando isso pra você, Nilo. E não precisamos que ele saiba. Melhor que fique só entre nós. Tudo bem pra você?

— Sim, Dona Deinha, se prefere que o Dr. Vive não saiba que me contou, mantemos assim. Só não posso prometer não contar a Eliza. Não quero começar minha vida com segredos à minha esposa.

— Fico feliz em ouvir isso, Nilo. Essa é mais uma prova de seu caráter. Eu mesma contarei a Eliza antes de vocês se casarem, fique tranquilo. Mas que Vive e Jamil não saibam!

— Combinado, Dona Deinha. Fique tranquila.

Era 1953 quando se casaram na prestigiada Igreja da Candelária, com toda pompa a que tinham direito. Logo após a cerimônia, noivos e convidados seguiram para a disputada recepção na casa 53. A casa era grande o suficiente para uma festa daquelas, com direito à rua interditada e notícia com foto nos jornais. Otávio, claro, foi quem mexeu seus pauzinhos para interditar a rua e conseguir jornalista e fotógrafo para o anúncio do casamento.

— Sobrinha minha não tem qualquer casamento mequetrefe — gabava-se Otávio para quantos pudesse.

Vive se irritou.

— Pra que isso tudo, Déia? Pra que tanta amostragem? Seu irmão, com essa mania de grandeza, não me bate.

— Eliza merece um casamento lindo, Vive. Olhe como está feliz, nossa menina! Só se casa uma vez, então vamos dar a ela o melhor dia de sua vida. Um dia que ela jamais esquecerá.

Vive puxou a esposa para si. Calou por uns instantes, olhando longe, e suspirou.

— Te faz falta um casamento assim, na igreja, com vestido de noiva bonito, flores, música, convidados... não é, minha querida?

— O que é que você está me dizendo, Vive? Que besteira é essa agora? Não esqueça que eu tive o casamento mais requintado de Beira Alegre, com toda alta sociedade disputando presença. Casamento cheio de pompa inútil, que fez a cidade parar! E olhe no que deu! Não me fez feliz, era tudo fachada. Nosso casamento, sim, é real, meu amor. E tem a pompa mais valiosa que pode haver. Nós temos ouro, meu querido! Que Eliza tenha com Nilo metade do que nós dois temos. Pois se tiver, é certo que será infinitamente feliz.

Vive a puxou para si e a beijou.

— Sim, minha querida, vamos dar a nossa filha o melhor dia de sua vida.

UMA SEGUNDA VIA
SEM A PRIMEIRA

Mas por mais que estivessem bem e felizes (e estavam!), com vida tranquila e resolvida na casa 53, Deinha percebia que Vive, por vezes, ficava acabrunhado, não sorria como era de seu costume, não fazia discursos inflamados defendendo opiniões com exagerada ênfase, como também era de seu feitio. Mantinha-se frequentemente isolado, olhar perdido, como que martelando na mente algo que o angustiasse. Deinha sabia, por intuição, a razão daquela angústia, que vinha crescendo rápido demais para que não a preocupasse. Sabia de onde vinha a sombra que não saía dos olhos do marido, por mais que ele que tentasse disfarçar fingindo bom humor, sorrindo, brincando. O que acontecia é que Vive não se conformava com o fato de que não davam à esposa o direito de trazer o sobrenome de sua família.

— Afinal, é o sobrenome de minha família! Da família de seu marido, Déia!!!!! Somos casados, por Deus, quem pode negar isso? Só porque você é desquitada! Que hipocrisia absurda!

Mas, na época, ainda não havia divórcio e os desquites se restringiam apenas à separação física do casal e de seus bens materiais, sem incorrer o rompimento do vínculo conjugal. Ou seja, aos desquitados não era permitido casar uma segunda vez. Sua própria família, a família baiana na qual fora criado e que tanto amara, por puro preconceito, a rejeitara. Chamavam-na "aquela amasiada"! Isso consumia Vive.

— Tolos! — gritava.

— Vive, o que importa se não somos casados no papel ou se não trago teu nome em meus documentos, pelo amor de Deus? Já rompemos com tanto! Já mandamos às favas e fizemos calar toda aquela gente de Beira Alegre e da Bahia, já conseguimos o que mais nos importa, que é estarmos juntos, já construímos uma família linda, já provamos que estávamos certos. O que mais podemos querer nesse mundo de Deus? Claro que eu gostaria de ter seu sobrenome, mas não me importo nem um pouco de não o ter. Nós temos o que é mais importante, Vive. Se não me importo, não se importe também, meu amor!

— Preciso lhe dar meu nome, Deinha! Quero que você seja oficialmente minha esposa, para todos que nos conhecem e para os que não nos conhecem, também. Não posso admitir que alguém nos questione como casal. Ou que alguém te tome como mulher indecente. Como eu poderia admitir uma coisa dessas? Não sossego enquanto não resolver isso. Hei de encontrar uma solução! Que nunca mais te chamem de amasiada!

— Está bem, Vive! Se te incomoda tanto, sei quem pode nos ajudar. Deixe que eu fale com Otávio. Ele há de ajudar!

— E o que seu irmão poderia fazer, Deinha? Mesmo com todo aquele jeito torto dele, com todo aquele poder comprado pesando em seu bolso, nem ele pode mudar uma maldita lei. Muito menos fazer apagar do mundo o fato de que você é desquitada. Como se ser desquitada fosse crime! É um absurdo! Gente hipócrita! Somos mais casal que a grande maioria que vemos por aí!

— Deixe que eu converse com ele, Vive. Você vai ver que Otávio vai arranjar um jeito.

Mais do que queria, Vive precisava dar a Deinha o sobrenome de sua família. Por ela. Por ele. Por seus filhos. E por aqueles que não o apoiaram quando mais precisou.

— Quem quiser que pense que é vingança, Deinha! Não me importa o que pensem! E que seja vingança! O fato é que não seria nada mau dar o troco àquela gente insensível e egoísta!

Vive se corroía, ponderando se valia a pena aceitar que Deinha conversasse com Otávio. Era um conflito terrível, para quem não concordava com os métodos questionáveis do cunhado. Mas se rendeu.

— Seu irmão é dado a arranjar jeitinhos torpes para resolver qualquer sinuca de bico que lhe apareça à frente, não importa que tipo de jeitinho, não é? Não gosto disso. Não gosto do jeito de Otávio, Deinha, você bem sabe disso. Sempre enrolado em alguma tramoia, sempre escorregadio. Mas, se for o único jeito de nos tornarmos oficialmente casados, até as falcatruas dele estou disposto a engolir. Fale com Otávio.

— Falo com ele amanhã, sem falta. Estou vendo que esse é o único jeito de você sossegar e tirar da cabeça essa bobagem deslavada, essa fixação em eu ter seu nome. Senão você termina adoecendo. E que Deus me livre disso!

No dia seguinte, Deinha entrou no sofisticado escritório do irmão. Otávio a recebeu cheio de sincera alegria e a ouviu com atenção, olhos apertados, agitados, buscando solução para o caso da irmã, a quem adorava.

— Deixe estar, Deinha, que vou dar jeito nisso. Vive tem razão! Como pode você não trazer o nome dele? Isso é injusto! Vá para casa. Ligarei assim que encontrar um jeito de corrigir esse absurdo. E tenha certeza de que encontrarei!

Não se podia negar que Otávio tinha comportamentos questionáveis, mas a verdade é que jamais deixou de cumprir o que prometia à irmã. Alguns dias depois, Deinha recebeu seu telefonema.

— Deinha, minha querida, encontrei a solução para nosso caso, minha irmã!

— Não me diga, Otávio! Fale!

— É o seguinte: há alguns anos houve um incêndio que destruiu um cartório em Friburgo. Não conseguiram salvar nem um único documento. Tudo destruído. O que vamos dizer é que vocês se casaram naquela cidade, que sua certidão de casamento foi emitida por aquele cartório e sumiu no incêndio. Escafedeu-se! Pronto! Vão ter de lhes dar uma segunda via. Mesmo nunca tendo havido a primeira. Uma segunda via sem existir a primeira, quem diria! Sou mesmo danado, não sou, minha irmã? — gargalhou, orgulhoso de si.

— Otávio, isso é perfeito! Vive não vai caber em si de alegria. O que fazemos agora?

— Vocês, nada! Deixem que resolvo tudo por aqui. Só me passe os dados de Vive. Os seus eu tenho. Quando a certidão estiver pronta, mando que entreguem em tua casa. E isso não vai demorar. Mandarei que apressem a papelada.

— Obrigada, meu irmão! Se cuide! Fica com Deus!

Deinha correu para Vive.

— Vive! Seu problema foi resolvido, meu amor!

— E que problema é esse que eu tenho que precisa ser resolvido, Deinha?

— Logo logo receberemos nossa certidão de casamento, Vive. Otávio já deu jeito.

— Nem me diga que jeito seu irmão deu, Deinha, prefiro não saber. Mas dessa vez tenho que agradecer aquele safado desavergonhado. Meu Deus! Você terá meu nome, minha querida! Será minha esposa de fato. Vou poder dizer ao mundo todo, em alto e bom som, que tenho a melhor esposa que já existiu! A mais bela de todas! Seremos casados, enfim, minha Deinha! Venha! Me abraça! Teu Vive está completo!

Deinha não imaginara o tamanho da importância daquela certidão para Vive. Sua angústia era muito mais profunda do que havia suposto. O marido mudou.

Deinha telefonou à amiga.

— Depois da certidão de casamento, Vive voltou a ser o Vive de antes, Amália! Você precisa ver! Está leve, vive assoviando pelos cantos da casa, na saída pro trabalho, no banho, na mesa às refeições. E voltou a tocar o piano, Amália! Eu não aguentava ver Vive sem a música dele.

— Que coisa boa, Dé! Graças a Deus, as coisas se resolveram!

— É tão gostoso de ver, Amália! E que belas melodias! Ele fica ali, de olhos fechados, tocando e cantando, tocando e cantando... parece que está mergulhado fundo na própria alma, sabe? Sem os pensamentos que o atormentavam, sem as preocupações. Eram bobas, mas eram preocupações. Quando ele está ali, sentado e tocando, eu fico olhando de longe, só admirando, parada, caladinha, pra não interromper o transe.

Todos da casa repararam na mudança. Mas o que mais surpreendeu foi quando foi ter com Deinha.

— Precisamos comemorar, meu amor. Vamos dar uma festa!

— Festa? Você pensando em dar festa é de se estranhar, Vive.

— Coisa pequena. Chamamos poucos amigos, só pra registrar. E quero fazer álbum de casamento, Deinha, pra que ninguém duvide que somos casal. Assim calamos quem ainda duvida de nós.

— Ninguém duvida de nós, Vive. Deixe de ser bobo! Mas, sim, vamos dar essa festa, se você quer. Vai ser bom. Organizo tudo e contrato um fotógrafo para termos um álbum bonito.

A festa disse ao que veio. Muito mais gente do que Vive gostaria, mas ainda assim ele ficou radiante. Deinha mandou decorar a casa, contratou fotógrafo, vestiu roupa especial para o momento e foi a noiva mais feliz que poderia haver. Vive admirava a esposa com olhos de noivo apaixonado vendo a mulher amada chegar ao altar, conduzida pelo pai, ao som da marcha nupcial.

— Quem diria, minha Deinha! Somos noivos e marido e mulher ao mesmo tempo.

— Sim, Vive! Estamos revolucionando o mundo!

O ÁLBUM

De Salvador, estiveram presentes na festa de casamento, como passaram a chamar a comemoração, o pai e duas das irmãs de Vive. O pai, antes reticente quanto a aceitar a situação do filho, mostrou-se exultante com a novidade. Claro, não lhe contaram do providencial incêndio do cartório em Friburgo.

— Agora você é homem casado de direito, Vive. Enfim, o nome de nossa família toma rumo outra vez!

— Deixe de bobagem, meu pai — retrucou Tercinha. — Hoje em dia, principalmente em cidades grandes e civilizadas como o Rio de Janeiro, não se dá mais importância a essas coisas. O mundo está mudando, o senhor não vê? Veja como Vive é feliz com Deinha, pai. Não é isso que importa?

— Tradição é tradição, minha filha! Não destrate dessa maneira séculos de costumes que deram certo até hoje!

— Deram certo pra quem, meu pai?

Zizi, a irmã mais velha, não compareceu. Continuava sem aceitar a situação do irmão e muito menos a chamar Deinha de cunhada. Vive já não se importava. Vive estava feliz! Alguns poucos amigos da época de faculdade também compareceram.

De Beira Alegre, apenas Amália e o marido Alfredo. Não havia mais a quem Deinha quisesse convidar.

— Que bom que você pôde vir à festa, Amália! E que bom que vão poder ficar mais esses dias.

— Claro que eu não podia perder essa festa, Deinha! É seu casamento com Vive! Que solução genial Otávio deu, hein!? Esse teu irmão não é flor que se cheire, Déia, mas a gente tem que reconhecer que esses jeitos tortos dele às vezes vão dar no lugar certo, não é? Isso era tão importante pra Vive! Olhe como ele está feliz! Valeu a pena! E a festa está deslumbrante!

Deinha reparava no marido correndo feliz entre os convidados, conversando, sorrindo, solto.

— Vive solto, no meio de um bando de gente! Quando poderíamos imaginar isso, Amália! Quanta distância entre o menino quase imberbe que chegou há tantos anos à minha porta levado por você! Quem diria! Agora aquele belo menino é esse belíssimo homem. E esse belíssimo homem é meu marido.

Quando o álbum de fotografias chegou, ambas correram a folheá-lo.

— As fotos ficaram lindas! Quem acreditaria que isso aí não foi casamento oficial, de papel assinado, não é, Amália?

— Ué! Gente falsa merece ver álbum de fotografias de casamento falso! — riu Amália. — E pra mim, Deinha, seu casamento é muito mais real do que o da maioria dessa gente que julga o casamento dos outros e não aplica no seu o que promete na igreja.

Viraram mais uma página do álbum e Amália parou por um momento, arregalou os olhos e caiu numa gargalhada estrondosa.

— Deinha do céu!!!! Não acredito que o álbum de fotografias do teu casamento tem uma lista esdrúxula dessas! "Lista pra prender marido" — leu alto e pausadamente. — Meu Deus do céu, o que é isso????? Olhe as regras!!!! Valha-me, meu bom Jesus! Aposto que você segue à risca o que recomendam aqui, não é? — brincou Amália.

— Claro que sigo!!!!! Ao avesso, mas sigo! Aliás, como você também! Afinal, quem pode negar que somos as moças mais decentes da bela e recatada Beira Alegre?

As duas não paravam de rir.

— Meu Deus do céu! Quem diria que em plena década de 1950 de pensar que essas coisas devem ser seguidas! O pior é ter gente que não tem vergonha, acredita nessa baboseira e segue essa lista.

— É. Mas são baboseiras como essas que acabam com as pessoas, Amália. Haja vista eu mesma, enfurnada naquele casamento infeliz com Gílio durante tanto tempo!

— E não é, Deinha? Mas, no final, você teve sorte. Aliás, nós duas tivemos sorte, você com Vive e eu com Alfredo! Dois homens de cabeça aberta.

— É verdade. Somos sortudas. É impressionante, né, Amália, o que nos forçam a fazer nessa vida!

— Forçam? Não sei. Talvez. Mas eu digo que só faz quem quer, Deinha! Olhe pra mim e pra você, com Alfredo e Vive. O que tivemos que enfrentar quando decidimos não fazer tudo o que nos diziam. E quer saber? Que se danem essas mulherzinhas que reclamam, mas se submetem. Porque a verdade é que tiram vantagem da situação, Déia. Fazem cara de coitadinhas, mas que tiram suas vantagens, ah, isso tiram!

— Ou não, Amália! Muitas vezes só pensam que tiram, até descobrirem a armadilha em que caíram. As coisas não são assim tão preto no branco, não. Olha pra mim. Lembra o quanto você tentava me alertar sobre Gílio e eu não conseguia sequer te ouvir? Na verdade, o que eu não tinha era condições de ouvir as verdades que você me dizia. Aquela vida foi o que aprendi, desde sempre, que era a certa. Pra mim, simplesmente era o que todo casamento tinha que ser e pronto, aceitei. A gente simplesmente não consegue ver. Pois, se vê, arrisca a vida toda se desmoronar.

— Eu não me conformava em ver você desperdiçar sua vida daquele jeito. Logo você, que eu conhecia tão bem. Aquilo era clausura, minha amiga. E eu não conseguia te tirar daquela inércia. Você estava escondida de você mesma, Dé. E eu louca pra ver você sair daí de dentro.

— É. Eu estava escondida de mim. Não tinha nem ideia de como era infeliz, de como estava me violentando, de como aquela vida não me satisfazia. E, principalmente, Amália, de que era possível e de que eu tinha o direito de viver diferente.

— Que horrível pra mim foi te ver daquele jeito. Via, mas não conseguia te ajudar, porque era impossível romper tua barreira.

— Não, Amália! Você não tem ideia do quanto foi fundamental e de como me ajudou! Foi você que me fez enxergar o que só eu podia romper. O que acontece com algumas pessoas é que a gente desaprende o caminho pra dentro de nós, sabe? Eu deixei de me frequentar, Amália. E esqueci de mim. Quando tentava, nem sabia mais como me abrir. Foi você falando, e repetindo, que me fez sair daquele buraco. Você me deu a chave pra eu me destrancar. Ninguém pode andar pelas pernas do outro, Amália. E você me devolveu minhas pernas.

O PEDIDO INDECENTE

Quando terminou de ouvir o que o irmão lhe pedia, Deinha ficou muda por alguns instantes com o telefone no ouvido, paralisada, e logo depois explodiu.

— Eu não acredito que você tem a coragem de me pedir uma coisa dessas, Otávio! Por quem você me toma, afinal? Deixe de ser safado! Que tipo de irmão arrisca a irmã de ser presa? E na minha idade! Já pensou nisso, Otávio? Não somos mais crianças e você continua moleque, não cresce! Se Vive soubesse, Vive me mataria, Otávio! Me despacharia de volta pra Beira Alegre, o que seria pior do que ir pra prisão. Não! Não vou te ajudar nessa tua sandice! Pode tirar isso da cabeça. Nem tente. Muda de assunto.

— Deinha, é coisa pequena, minha irmã. Coisa fácil que, com certeza, vai dar certo. Não tem como dar errado. Você vai ver, vamos num pulo e voltamos noutro.

— Pois não vou, Otávio! Não quero me meter nessas suas ideias de doido.

— Mulher! Estou dizendo, não pode dar errado! É coisa simples, muito pequena.

— Teus pequenos são enormes demais pra mim, Otávio.

— Deinha, minha irmã, é teu irmão que está te pedindo. Naquela Zona meus votos estão fracos demais. Assim não consigo me eleger deputado. Dependo disso pra conseguir vencer, Déia! É o único jeito. Te atenta! Não te custa nada, no final das contas. Umas pouquinhas horas no dia marcado e estamos encerrados. Vamos, irmãzinha! Nunca me abandonaste, não será esta a primeira vez. Por Deus, te prometo que será rápido.

Deinha não resistia às chantagens do irmão. Sabia que eram chantagens, mas ainda assim não resistia. Lembrava do menino de fraldas correndo pela casa. E que menino doce, que irmão maravilhoso era Otávio! O melhor de todos. Não lhe faltava nunca. Era pedir e ele dar. E o menino de fraldas correndo alegre pela casa, mãozinhas lhe pedindo colo!

— Vou pensar, Otávio. Penso e te falo.

— Mas tem que ser rápido, porque o plano tem que ser executado daqui a dois dias!

— Deixe que te telefono, Otávio! Agora te despacha rápido daqui, que não quero mais me enrolar com teus conchavos.

Otávio saiu, satisfeito. Conseguira dobrar a irmã, estava certo. Amanhã ela lhe ligaria apenas para combinarem como executar o plano. Deinha era dada a aventuras e adorava o irmão. Além do que, jamais recusava ajudas. Agora era só esperar que o telefone tocasse. *Deinha é espetacular!,* pensou, sorrindo de admiração.

O CONFLITO

Deinha não pregou os olhos naquela noite. O plano de Otávio aconteceria dali a dois dias. Pensava em Vive, que, por ter se sentido um pouco gripado, dormia no quarto ao lado, tranquilo e confiante, inocente das razões da angústia da esposa.

— Como vou resolver isso, meu Jesus? Vive me mata se descobre que eu possa sequer ter pensado em fazer algo assim. Mas é Otávio! É Otávio quem está precisando de mim, meu Deus! Como negar algo a meu irmão? Não se nega a irmãos.

Acordou apreensiva no dia seguinte.

— O que você tem, Deinha? Está agitada, parece preocupada. Tem algo te afligindo, minha querida? Está se sentindo bem?

— Não é nada, Vive. Tive pesadelos, só isso.

— Tens cuidado de tua alimentação, Déia? Olha tua diabete, hein!? Diabete não é brincadeira, você sabe.

— Estou bem, Vive. Tenho me cuidado direitinho, fique tranquilo. É você que tem que se cuidar, pra que essa gripe não lhe derrube de vez. E que horas você volta hoje? — mudou de assunto para desviar a atenção do marido.

Quando voltou do trabalho, com Vive ainda no consultório, Deinha pegou o telefone.

— Olha, Otávio, você nunca mais me peça uma coisa dessas, entendeu? Amanhã vou te ajudar nessa tua missão desarranjada, mas é só dessa vez, está me entendendo? E que seja a última!

— Ah, Deinha! Eu sabia que podia contar contigo! Tu não falhas, minha irmã! Vais ver que amanhã tudo correrá de acordo. E será rápido. Vamos num pé e voltamos noutro. Passas aqui amanhã pra combinarmos a estratégia para a noite? Já tenho todo o plano de ação em minha cabeça.

— Sim, passo amanhã em teu gabinete logo depois do serviço. Digo a Vive que vou almoçar com você. Ele não vai se importar.

— Olhe lá, Déia! Não conte nada de nosso plano a ninguém, pelo amor de nosso bom Deus! Principalmente a teu marido. Vive não entende de estratégias.

— Do seu plano, você quer dizer, não do NOSSO plano — frisou ela. — E de que estratégia você está falando? Isso que você está aprontando é um baita de um desconcerto, isso é que é! Não me ponha como coautora de tuas enrascadas. E claro que não vou falar nada a ninguém, principalmente a Vive! Está maluco? Acha que vou assinar atestado de bandida?

— Que é isso, Deinha? Nem desconcerto, nem bandida! Não diga uma coisa dessas! Não ouse usar esses termos para nossa missão! O que estarás sendo é Coordenadora de Campanha. Ou melhor ainda, serás Coordenadora de Melhorias do Estado do Rio de Janeiro.

— Para de florear, Otávio! Pois sim que caio nessa! Não tente me enrolar! Te conheço não é de hoje! Até parece que vou cair nessa tua lábia. Esqueceu quem sou????? Então você acha que eu acredito nessa tua ladainha?

— Vamos, Deinha, não consigo mudar esse conceito que tu e Vive têm de mim, não é mesmo? Mas deixa! Deixa, que um dia vocês me entenderão.

— Hum! Você não me dobra, Otávio! Estou muito chateada por me fazer participar de algo tão escabroso, saiba disso! — E desligou, preocupada.

No dia seguinte, dia do plano ser executado, Vive chegou do consultório se sentindo ainda mais gripado.

— Estou mal, Deinha. Nem atendi todos os pacientes hoje. A danada da gripe me pegou de vez. Hoje durmo novamente no quarto de hóspedes pra não te contaminar. É pena, mas será por poucos dias.

Que sorte!, pensou Deinha, e logo se corrigiu: *Meu Deus, me perdoe por estar feliz que meu marido tenha se gripado! Mas é por boa causa, Senhor!*

E voltou-se para o marido:

— Vá descansar, Vive. Não se preocupe com nada. Te levo uma canja quentinha e você vai se sentir melhor amanhã, vai ver.

— Dois dias sem você a meu lado não me farão bem, Deinha. Mas não há outro jeito. Vou tomar um bom banho e espero pela canja.

E subiu para o quarto.

A MISSÃO

— Então está combinado, Deinha! Passo em tua casa às onze da noite pra te buscar. Esteja pronta, está bem? Não podemos nos atrasar. É missão das sérias! E perigosas! Confio em ti!

— Estarei pronta, Otávio, fica tranquilo. E não se atrase também, por favor, porque não posso arriscar que Vive acorde e dê por minha falta. Deus me livre se isso acontece! Fazemos rápido o que temos de fazer e você me deixa em casa antes do amanhecer. Olhe, Otávio, estou fazendo isso por você, só porque sei que precisas muito! Mas, por Deus, não se atrase!

— Não me atraso, pode deixar. E vá bem camuflada, Deinha! Por favor, vá muito bem camuflada! Ninguém pode nos reconhecer. Senão será trabalho perdido, e as consequências podem ser graves. Até mais tarde, então.

— Por Deus, não me deixe mais nervosa do que já estou, Otávio! Eu já disse, não se preocupe. Minha roupa já está separada. Assim que Vive dormir, me visto e vou pra varanda te esperar. Vá com Deus, meu irmão!

Deinha chegou em casa e foi direto providenciar o jantar do marido junto às meninas na cozinha. Estas tomaram sua ânsia por preocupação com o marido.

Quando Vive chegou, recebeu-o carinhosa como de costume.

— Melhorou da gripe, meu Vive?

— Estou um pouco melhor, minha querida, mas ainda não curado. Logo estarei ótimo. Hoje ainda durmo no quarto de hóspedes para que você não pegue a desqualificada dessa gripe.

— Mandei que preparem uma sopa bem forte, meu amor, para que você se alimente bem e durma tranquilo. Deite cedo, está bem?

— Farei isso. Depois do banho desço para tomar minha sopa.

E subiu ao banheiro. Deinha o esperava sentada à mesa já posta, quando o marido desceu. Levantou-se assim que ele chegou e arrastou o prato em sua direção.

— Tome logo a sopa e se apresse para deitar, Vive! Não bobeie com essa gripe. Vá! Tome logo a sopa!

— Já vou tomar, Deinha.

— Tome, Vive! Tome logo, senão esfria!

— Está querendo me despachar, Deinha? Estou estranhando você me apressar assim, desse jeito.

— Preocupação, meu amor. É que quero que você fique bom logo! E a sopa quentinha vai te fazer bem. Gripe exige descanso, Vive. E quero que volte logo à nossa cama.

— Ah, isso sim, Deinha, me faz falta! É terrível dormir longe de você. Dormirei cedo, fique tranquila. Preciso mesmo de descanso.

Depois da sopa tomada, Vive e Deinha subiram ao quarto de hóspedes. Ela o acomodou na cama, beijou-o, despediu-se e foi se retirando. Já na porta, virou-se.

— Dorme bem, meu querido.

— Sinto tua falta, Deinha. Duas noites longe de você definitivamente não me fazem bem. Mas amanhã isso será corrigido!

Deinha sorriu um sorriso nervoso para o marido e fechou calmamente a porta para que ele descansasse. Orientou as empregadas que não o incomodassem e não a incomodassem também, pois precisava de uma boa noite de sono. Estavam ambos cansados. Ninguém notou, por trás de seu rosto tranquilo, o coração acelerado e batendo forte. Teve medo de que o ouvissem.

— Vou-me deitar, Tetê. Preciso de uma noite inteira sem sono interrompido. Talvez esteja pegando a gripe de Vive. Não me incomode por nada nesse mundo, por favor!

— Deus queira que não pegue essa gripe, Dona Deinha! Fique tranquila, cuidarei para que não haja barulho que a acorde, nem acorde o Dr. Vive.

Assim que se despediu de Tetê e se viu só, no quarto de casal vazio da presença do marido, Deinha começou a correr, agitada, para se arrumar. Agradeceu a Deus pela providencial gripe de Vive. E logo se desculpou por ter feito tal agradecimento.

Me desculpe, Senhor! Não é que eu queira o mal de meu querido marido. Mas é que estou numa missão urgentíssima e ele não pode saber dela.

Recomeçou a buscar as roupas para se arrumar e parou. Pensou, e voltou a falar com Deus.

Me desculpe também, Senhor, por esconder algo de meu marido. Não sou assim, o Senhor bem sabe. Domingo, na missa, prometo me confessar!

Correu para o armário, aliviada por já ter se retratado com Deus, e pegou a trouxa escondida no fundo da prateleira inferior. Tirou o sobretudo de inverno preto e pesado, que a cobria até quase os pés, e o vestiu. O calor de verão não era para aquele casaco, mas era ele que a salvaria de qualquer intercorrência inesperada em sua empreitada com Otávio. Pôs um lenço na cabeça, escondendo toda a cabeleira e cuidando para que não ficasse nenhum fio de fora. Calçou a bota de inverno e se olhou no espelho. Prendeu um grito de surpresa. Estava irreconhecível.

És mesmo muito boa nisso, Déia! E que Deus me perdoe!, sussurrou, entre orgulhosa e temerosa, para si mesma.

As agregadas não a preocupavam, pois dormiam na casa de fundos do quintal. Cuidando para não ser vista ou ouvida por Vive, desceu as escadas com todo cuidado, evitando o maldito degrau que rangia.

Quando me confessar no domingo, Senhor, não me esquecerei de contar a padre Onório que estou usando demais a palavra "maldita". Ai, meu Senhor, a lista dos meus pecados está aumentando!

Lembrou também de não devanear durante a missão, como lhe orientara repetidas vezes o irmão.

— Pelo menos hoje não entre em teus devaneios, Déia! Te concentra! Por Deus, para um pouco de voar e mantém os pés no chão por uma noite, ao menos. Não é pedir muito, é? — repetiu algumas vezes Otávio, durante o almoço em que combinaram o que fariam e como se encontrariam à noite.

Deinha o tranquilizou:

— Deixe de se preocupar à toa, Otávio! Já lhe disse que estarei concentrada. Sou séria quando se trata de coisa séria, você me conhece.

— *Pois é justo porque te conheço que te repito isso tantas vezes!*

Mas Otávio tem razão. Preciso me controlar. Devanear é mesmo um de meus defeitos. Outro dia mesmo, Vive reclamou que eu... Meu Deus! Tenho que parar de devanear. Te concentra, Déia! Hoje qualquer deslize pode ser fatal, como Otávio repetiu milhões de vezes. E ele estava certo em me repetir isso milhões de vezes. Mas vou me concentrar.

Pensou na amiga longe, em Beira Alegre.

Ah, Amália! Você adoraria estar nessa missão comigo e Otávio! E nos cairia tão bem, tua presença agora! Seria perfeita! Com certeza teria ideias que nos ajudariam. Que falta você me faz, minha amiga!

Já pronta, sentou na poltrona da varanda e aguardou por Otávio. Às onze em ponto percebeu o farol do carro, motor desligado, o irmão atrás o empurrando.

— Para que isso, meu irmão? Por que empurrar o carro desligado?

— Tu me disseste que Vive tem sono leve, Deinha. Melhor não arriscar que ele acorde com o barulho do motor. Ligamos logo adiante e partimos.

— Melhor mesmo! Otávio, estou me sentindo num filme de suspense! Que emoção! Essa aventura promete! Estou nervosa de alegria! Mas vamos correr, para não arriscar que Vive acorde e dê por minha falta.

— Isso não é brincadeira pra te dar alegria, Déia! Te concentra, que dará tudo certo. Tenho certeza de que logo estarás em tua cama, dormindo tranquila.

Depois de alguns metros, entraram no carro e Otávio deu a partida. Dirigiu por mais tempo do que Deinha imaginara e pararam defronte a uma casa baixa, luzes apagadas, sem vivalma à vista.

— Onde estamos, Otávio? Não me parece que aqui seja uma Zona Eleitoral.

— Pois é assim mesmo. Dessa forma, se disfarça para que não haja roubos ou desvios de urnas.

— E, ainda assim, aqui estamos nós, justamente para praticarmos roubo e desvio de urnas.

— Xiiiiii! Não repita isso, Déia! Certas coisas não se diz nem em pensamento, quanto mais em voz alta. Teu disfarce está bem. Confesso que me deu vontade de rir quando te vi. Pareces um barril pronto a explodir.

— Otávio! Se você continua com isso, dou meia-volta e desisto de te ajudar nesse teu plano assombrado. Que desaforo!

— Desculpe, Deinha — respondeu o irmão, sem conseguir prender o riso. — Só falei o que me passou pela cabeça. Mas te amo e te acho linda do jeito que és, tu sabes bem disso.

— Está bem! Agora vamos parar com essas declarações de amor e façamos o que viemos fazer. Como você planejou nossa missão?

— Olhe ali! Estás vendo aquele homem sentado na cadeira em frente à casa, fumando?

— Sim, vejo o homem.

— Aquele é o segurança. O que temos que fazer é esperar que ele saia de seu posto. Normalmente eles tiram de vinte a trinta minutos de descanso, com outro segurança rendendo o que saiu. Mas eu soube que hoje só terá um homem. Portanto, quando ele tirar seus minutos, as urnas estarão descobertas.

— Certo. E o que faremos?

— Quando o homem sair, corremos e pegamos as urnas. Aqui nessa Zona Eleitoral são quatro. Eu pego duas e você duas. Corremos para o mato que tem atrás da casa. Ali é escuro, não tem luz e ninguém nos verá.

— Ninguém quem, Otávio? Quem nos veria nesse terreno praticamente baldio, sem vivalma além dessa pobre criatura? Veja você, um pobre que tem que ficar a noite inteira acordado, enquanto dormimos confortáveis em nossas camas...

— Deinha — interrompeu-a Otávio —, vais ficar declarando tua pena do segurança ou vais ficar atenta para cumprirmos nossa missão com sucesso? Sem atenção, nada dará certo, minha irmã. Eu te disse antes: por hoje, nada de teus devaneios. Mantenha-te firme e atenta. Todo cuidado é pouco.

— Certo! Confie que estarei atenta.

Esperaram alguns bons minutos até que o segurança tirou seus minutos de folga. Otávio fez sinal e Deinha o seguiu, ambos saindo do carro, apressados. Não foi difícil localizar as urnas. Pegaram, cada um, duas delas, uma em cada braço.

— É um desleixo o que fazem com os votos da população! Como é que pode alguém deixar urnas eleitorais assim desse jeito, expostas a qualquer larápio? — sussurrou Deinha.

— Estás falando de nós, minha irmã? E, por favor, atenção, Déia! E silêncio! — sussurrou Otávio de volta.

E correram. Correram muito e com muita tensão. O coração de Deinha batia forte e acelerado no peito, parecendo saltar pela boca.

No que me meti? Vive me mata se sabe o que estou fazendo. Corre, Deinha, corre! Para de devanear!

Voltou a correr, o suor escorrendo sob o quente sobretudo de inverno e... travou. Sua perna direita ficou presa não sabia em quê. Não saía do lugar. Olhou para baixo e percebeu que o sobretudo ficara agarrado a um galho forte da mata. Por mais que tentasse, não conseguia soltá-lo. Tampouco podia se abaixar para livrar-se daquilo, pois as mãos estavam ocupadas com as urnas. E não podia gritar por Otávio, pois o segurança poderia estar por perto.

— Será que ele já deu falta das urnas, meu Deus? — sussurrou pra si, preocupada.

E começou a gritar sussurradamente:

— Otávio! Otávio!

O desgraçado está longe demais, não me ouve! Meu Deus! Preciso ir à missa me confessar! Tenho falado demais a palavra "desgraçado".

Repetiu o grito em sussurro milhões de vezes, sem resultado.

Até que o irmão a procurou e viu que ela não estava ao seu lado. Olhou para trás e a viu, parada, com cara de desespero. Voltou.

— O que houve, Déia? Por que estás parada?

— Estou presa por um galho, não está vendo? Ou acha que estou adorando estar aqui, no meio do mato, como uma trombadinha, com duas urnas eleitorais surrupiadas nas mãos, um segurança podendo estar atrás de mim e sentindo a brisa da noite? Te gritei trilhões de vezes e você não voltou. Me solta logo daqui, Otávio! Deus nos livre se ele se dá conta de nossa missão. Te apressa!

— Não te ouvi me chamar, Déia! Como te ouvir com esse vento nos ouvidos?

— Me solta logo, vai! Solta logo esse maldito galho — *Preciso me confessar na missa desse domingo!* — ... para que eu possa sair daqui. Que horror!

Com o casaco solto, Deinha continuou a correr ao lado de Otávio. Chegaram a um descampado onde havia pequenos montes de lixo. Ofegavam, tensos.

— Vamos, Déia! Rápido! Derrama as cédulas, espalha tudo em diferentes montes de lixo para que os lixeiros não as percebam quando vierem retirar o lixo amanhã. Deixa que eu misturo as cédulas com o lixo, para que fiquem bem disfarçadas.

E assim fizeram. Quando terminaram de espalhar as cédulas, Otávio as misturou ao lixo e voltaram para o carro. Perto da casa da Zona Eleitoral avistaram o segurança dormindo, tranquilamente, o sono dos justos. Estava certo o segurança. Quem poderia criticá-lo? Não seriam aqueles dois larápios que saíam dali calmamente, num carro chique, roupas chiques, ainda que totalmente inadequadas para o calor de uma noite de verão quente como aquela.

— Você está fedendo, Otávio. Tome um bom banho assim que chegar em casa, ou Tutinha vai reclamar, perguntar e descobrir o que fizemos. Sua esposa parece, mas não é boba.

— Não fale assim de Tutinha, por favor! Boa esposa, é o que ela é. E de boba não tem nada.

— Pois sim, Otávio! Vou acreditar que você acredita nisso e estamos entendidos.

— E tome um bom banho você também, Déia. Senão teu marido, do jeito que é, vai farejar de longe o cheiro de nossa missão. E não vai ficar nem um pouco feliz.

— Deus que me livre, Otávio! Nem brincando podemos pensar nisso acontecer. Vive me mata se souber o que fizemos.

— Vive é certinho demais, Déia. Por isso vocês serão para sempre esse casal classe média, morando numa casa classe média, num bairro classe média, com filhos estudando em escolas classe média.

— Não ouse criticar nosso jeito de viver, Otávio! Somos certinhos, sim, mas quando pousamos a cabeça no travesseiro, dormimos tranquilos, sem peso na consciência. E garanto que sou muito mais feliz do que você ou qualquer um desses seus amigos riquinhos com quem você anda por aí tramando golpes, mas que são cheios de culpas…

— Certinha e roubando urnas? — riu Otávio. — Deinha, a vida é curta demais, minha irmã. Esse é o jeito que escolhi viver. Sei que és feliz com teu Vive e fico feliz por isso. Não te critico. Cada um tem seu estilo de vida e tem que viver do jeito que lhe faz feliz. Mas saiba de uma coisa: eu sou muito feliz do jeito que escolhi viver, minha irmã. Mas te respeito e agradeço todos os dias por te ter como irmã.

Deinha sorriu. Sabia que o irmão era sincero nas palavras que dizia. Logo chegaram à casa dela. Despediram-se e ela abriu a porta. Subiu as escadas com todo cuidado, evitando o maldito (*não posso esquecer da missa!*) degrau. Tomou o bom banho prometido e deitou para dormir. Conseguiu dormir o sono dos justos.

E Otávio foi eleito.

HOMEM FIEL

O tempo não corrigiu o irmão de Deinha. Continuou escorregadio e suspeito até o final de seus dias. Casado com Tutinha, Otávio gostava de colecionar amantes. Com uma, em especial, manteve relacionamento durante anos. Nice, era seu nome. Já homem de idade, mantinha a relação com Nice como relação estável. Viajavam, comiam em bons e caros restaurantes, hospedavam-se nos melhores hotéis. Nice tinha vida de rainha. Comia do melhor, vestia do melhor, morava em ótimo apartamento com despesas pagas por Otávio. Desistira de pedir ao amante que largasse Tutinha.

— Nice, sou homem que mantém palavra. Nunca ninguém nesse mundo inteiro me viu trair minha palavra. Na igreja, prometi que só a morte me separaria de Tutinha e assim será. Não vou abandonar minha esposa ao Deus dará. O que diriam meus filhos?

— Teus filhos já são adultos, Otávio! Tua filha é desquitada, mulher vivida, que não está ligando pra essas coisas. Deixe de hipocrisia, que tua promessa na igreja já foi quebrada há muito tempo, você sabe bem disso. E várias vezes, diga-se de passagem.

— Mas sou homem que se presta, Nice. Tutinha não sabe de ti e nunca saberá. Vou me manter fiel a ela.

— Fiel o quê, Otávio?! A quem você pensa que engana? Ninguém te toma por marido fiel, não. Nem tua esposa, se quer saber. Ou você realmente acredita que sua Tutinha não sabe de tuas saidinhas, não sabe de mim? Mulher sempre sabe dessas coisas, pode ter certeza. Tutinha se faz de boba pra não perder posto, mas sabe de tudo o que você apronta.

— Tutinha é ingênua e pura, Nice. Não conhece essas coisas.

— Pois vá acreditando nisso! Continua a te enganar, se quiser.

E seguia "homem fiel", como chamava a si mesmo.

Amava a filha, Helô, a quem sempre dera tudo do bom e do melhor. Acreditava que assim supriria todas as necessidades da filha. Quanto a dar atenção, estar presente e trocar palavras, dizia que essas eram coisas de moda.

— Criança precisa é comer bem, vestir bem e dormir bem. O resto a vida é que trate de ensinar. E que não me venham com invenções desnecessárias!

Mas a filha era esperta e atenta a tudo à sua volta. Olhava a mãe, submissa e solitária, e prometia a si mesma: *Nunca vou ser igual, nunca vou ter essa vida!* Observava os gestos suspeitos do pai, os telefonemas sussurrados, os bilhetinhos escondidos no fundo dos bolsos dos paletós e que o faziam corar e olhar para longe. *Nunca vou aceitar um marido que me trate sem carinho, que me olhe sem me querer, que não respeite a mim ou a meus filhos.* E Helô se tornou mulher livre, dona de seu próprio nariz e crítica ferrenha do pai. E gostava de chocá-lo. Casou, desquitou, juntou, separou de novo, tudo sem o menor problema. Otávio se desesperava.

— Não é possível! Essa menina casa e separa como quem escova os dentes. Não dá nem tempo de esfriar a festa e já anuncia que se separou do infeliz. Como pode um descalabro desses em minha própria família! Minha própria filha!

Sua última esperança de pôr a filha nos trilhos caiu por terra quando, horas antes da cerimônia de seu segundo casamento, Helô brigou com o noivo e decidiu não casar. Alegou ter descoberto que não seria feliz com o noivo. A festa de casamento era só para convidados, pois, como desquitada, não poderia casar oficialmente. O salão cheio de convidados, ela já vestida de noiva, o pai pronto para levá-la ao salão florido e regado ao melhor champanhe, anunciou ao pai que não casaria.

— Estás louca! — gritou-lhe Otávio. — O salão está cheio, Helô! Eu cortei um dobrado pra trazer meus amigos a esse teu casamento de mentira! Não fosse eu, eles nem teriam vindo! Olha em que vexame me metes, sua destrambelhada! São gente importante, menina! Não são qualquer um que se pegue na esquina!

— Não vou me casar só por causa dos teus amigos importantes, que nem amigos são, vamos falar a verdade, né, pai?

— Quem és tu pra falar uma coisa dessas, menina?

— Pai, vou simplificar pra ver se você entende: eu descobri que nunca seria feliz casando com esse homem, portanto, não casarei com ele. Ponto final! Vai conversar com tia Deinha, vai! Tia Deinha me entende. E quer saber? Pode ter certeza que me apoia!

— Descobriste agora que não serias feliz o quê, Helô? E o que é ser feliz, garota?

— Pai, não vim pra essa vida pra sofrer. Homem nenhum vai mandar em mim ou me prender, apenas pra que eu me anuncie casada. Não preciso de casamento. Não sou como mamãe.

— O que tem tua mãe de errado, Helô? Tua mãe vive em luxo! Tem tudo de que precisa, do bom e do melhor! Nada lhe falta! Tua mãe é muito feliz, se queres saber!

— Pois sim, que mamãe é feliz, pai!

— E tu não precisas de quê, menina? Não precisas de casamento? Não precisas de marido???? Pois saiba que moça só, sem marido, nesse mundo em que vivemos, não vale dez centavos, Helô! Não encontra respeito! Mulher tem que ter homem ao lado que a proteja e zele por ela.

— Eu mesma me protejo e zelo por mim, pai. Me basto assim. Se me apaixonar de novo, me junto de novo. Senão, fico como estou. E se me juntar e me sentir infeliz, me separo de novo. Sou assim e estou muito bem assim.

— Desisto de ti, Helô! És uma destrambelhada de marca maior! Quem pôs essas caraminholas em tua cabeça? Não foi pra isso que te criei, menina!

— Você não me criou, pai!

No bairro vizinho, Deinha, vestindo a roupa nova feita especialmente para o casamento da sobrinha e pronta para sair para o salão de festa, entre admirada com a coragem da sobrinha e inconformada com a tristeza do irmão, entrou no quarto.

— Já posso tirar o vestido novo que costuramos pro casamento, Baixinha. Não vai mais haver casamento nenhum. Que desperdício!

— Meu Deus! O que houve, Deinha? O noivo abandonou Helô no altar? Safado!!!!

— Não, Baixinha. Não foi o noivo. Helô é que desistiu de casar.

— Ué! Desistiu assim, no dia do casamento?

— Diz que não vai casar porque não seria feliz com o homem que era seu noivo. Não vamos tentar entender, Baixinha! Helô segue a cabeça dela, nós sabemos disso. Vamos respeitar a menina. Não vai haver casamento e é isso.

— Essa sua sobrinha é uma destrambelhada, Deinha! Sempre foi!

Mas os casamentos, namoros e separações de Helô não eram as únicas coisas que tiravam o sossego do pai.

Numa tarde de segunda-feira, em pleno horário em que deveria estar despachando em seu gabinete, Otávio subia com seu carro a rampa do motel que frequentava. Tinha Nice a seu lado. Descendo a rampa, em sentido contrário, vinha outro carro. Otávio se chocou ao perceber o casal que estava no carro que saía do motel — era a filha Helô, ao volante, com um homem que ele jamais vira, no banco do passageiro. Freou e abaixou a janela, pronto para gritar impropérios à filha desavergonhada, desviada, descarada, sem-vergonha, mulher sem virtudes! Mas esta o interrompeu, falando em alto e bom som para que ele a escutasse direitinho, e se deliciando com a expressão de desespero do pai, encurralado ao receber os golpes.

— Boa taaaarde, meu papaizinho! Ora! Mas que surpresa boa! Tudo bem com o senhor?! Que bom poder tirar folga do trabalho em plena segunda-feira, dia em que todo pobre mortal está suando a camisa, pra vir a um motel se divertir com a amante, não é mesmo, paizinho? Não esquece que eu sou desquitada, portanto, livre, hein!? Ao contrário de você, que é casado. E com minha mãe! Aliás, se precisar de alguma coisa, paizinho, me avisa que subo ali na recepção e ligo agora pra ela, quer? Não??? Ah, então tá! Beijo, paizinho! Tchau! Divirta-se! Aliás, divirtam-se vocês dois! — E acelerou, às gargalhadas.

Nice, ao lado de Otávio, prendia o riso. Otávio, vermelho de raiva e inconformado, não teve nada a fazer, senão engolir os impropérios que pretendia gritar à filha.

— E fui eu que fiz gerar esse monstro! Uma desrespeitosa é o que é essa minha filha! Um traste que não se dá ao respeito! Uma desavergonhada, desencaminhada da vida! Mulher sem compostura é o que se tornou!

Fechou o vidro do carro e, inconformado, continuou a subir a rampa pro quarto do motel. Estava nas mãos da filha, teve que reconhecer. Helô, por sua vez, até que tentou imaginar como seria a tarde do pai com a amante, naquele quarto de motel, depois de seu fatídico encontro. *Tá aí! Eu queria ser uma mosquinha só pra ver a cara do meu pai agora!*, riu consigo. Mas, a bem da verdade, não se esforçou muito para imaginar a cena e logo tirou isso da cabeça. Tinha mais no que pensar.

FIM DA FESTA

Certo dia, ainda com Nice e no mesmo quarto de motel de sempre, Otávio sentiu um mal-estar.

— Não estou me sentindo muito bem, Nice.

— É idade, Otávio! Já não somos mais tão jovens. Você menos ainda que eu, sejamos francos.

— Deixa disso, Nice! Mal passageiro que qualquer moleque de quinze anos sente de vez em quando.

— Vamos parar por aqui, Otávio. Melhor não arriscar.

— Estás a me estranhar, mulher? E eu sou lá homem de desistir do serviço? Ainda mais este aqui, gostoso do jeito que é.

— Então vá devagar, porque...

Foi interrompida pelo bum! Otávio desabou, olhos esbugalhados, sobre o corpo moreno da amante. Nice gritou por ele.

— Otávio!!!! Otávio! Otávio!!!!!! Otávio, pelo amor de Deus! Pare de bobeira, homem, que isso não tem graça!

Mas percebeu que o amante chegara ao fim.

— Valha-me Deus! Essa agora! E eu aqui, presa nisso.

Sacou o telefone da cabeceira e discou para a recepção.

— Américo de Deus! Corre aqui, Américo, que Otávio passou mal. Acho que bateu as botas.

— Ih, Dona Nice. Isso é problema. Mas não se preocupe, que não é a primeira vez que acontece. Faz o seguinte: se arruma e sai de fininho. Suma daqui sem deixar rastro. Não deixe absolutamente nada seu no quarto. Finjo que não vi a senhora. E deixe que eu cuido de tudo. No bolso dele tem o telefone de casa?

— Vou deixar anotado na mesinha. Tutinha é o nome da esposa.

— Então está tudo certo. Vá tranquila, Dona Nice! Vou sentir falta do seu Otávio. Homem dos bons! E que boas gorjetas me dava!

Nice desceu a rampa do motel apressada, cabeça baixa para que ninguém visse seu rosto. Sentiria falta de Otávio. Era homem bom, lhe dera o que nenhum outro ousara lhe dar. Um pouco grosseiro às vezes, é bem verdade, mas bom. Estava tranquila, pois o amante lhe deixara boa reserva no banco. E, se não conseguiu que ele pedisse o desquite da esposa, ao menos conseguiu que o apartamento fosse passado para seu nome. Sorriu, virou na esquina da avenida agitada e sumiu, despercebida.

Enquanto a moça descia a rampa, Américo, o recepcionista, largava o balcão do motel para resolver o problema do quarto dezessete.

Horas depois, uma chorosa Tutinha chegava ao motel para tomar as providências necessárias ao velório do marido.

SEM TEMPO PARA DOR

Deinha recebeu com profunda tristeza a notícia da morte do irmão. Amava-o! Sabia da vida desregrada que ele levava e cansou de ouvir Vive alertá-la de que aquilo não terminaria bem.

— Teu irmão, Deinha, se não se ajeita, ainda vai receber troco da vida.

O marido tinha razão. Aquilo não terminou bem.

Chorou a perda do irmão, mas tratou de deixar a dor para outra hora, pois tinha muito no que pensar. Acabara de ganhar seu primeiro neto. Eliza dera à luz Orlando, seu primeiro filho, e Deinha e Vive estavam exultantes com a chegada do pequeno. A avó não saía do lado da filha e do bebê, orientando, ajudando nos cuidados, aconchegando, paparicando. Depois viera Valéria. E logo depois Genaro. Estavam com três crianças pequenas. E para três crianças pequenas qualquer tempo é curto.

— A vida continua, Vive! Apesar de tudo, o sol insiste em nascer. E essa avó aqui vai fazer de cada dia de seus netos o mais ensolarado possível.

Nilo foi informado, pouco depois do nascimento do terceiro filho, que seria transferido para o interior. Abririam uma filial e ele seria o responsável pela organização do novo escritório. Além das crianças, Eliza tinha a mudança para tratar. E Deinha tinha que ajudá-la. Aquilo de certa forma foi um alívio, pois também a distraiu da dor da perda do irmão.

— Sei que vocês não têm alternativa e têm mesmo que ir, Eliza. Mas como vou aguentar sem você e as crianças? Me diz: como? Vai ser muito ruim, minha filha, ficar longe de vocês.

— E eu, mãe, como vou ficar? Promete que vocês vão nos visitar sempre! Você já se aposentou. Papai trabalha porque quer, atende um paciente aqui, outro ali. Não precisa mais, também pode parar.

Promete, mãe! Promete que vão nos visitar! Ai, como vou fazer sem vocês, meu Deus?

— Vamos ter que aguentar, filha. Nilo me contou que tentou evitar a transferência, mas não teve jeito. E essa mania descabida de transferirem homens sem se importar com as famílias! Isso é desumano! Família é pra ficar junto, na mesma cidade, e se possível na mesma casa. Pra que separar as pessoas, meu Deus?

— Mas vocês vão ficar bem, né, mãe? Papai vai ficar bem.

— Seu pai, se eu estiver ao lado dele, o mundo pode cair que ele estará bem, Eliza.

— Continua sem te deixar descansar dele, né, mãe? Que lindo, isso! Como te ama! Nunca vi um amor desses. O amor de papai por você é lindo demais! E não esfriou, mesmo depois de tanto tempo.

— É, filha. Mas podia me amar um pouquinho menos, né?

Deinha deu uma pausa em sua fala, sorriu um sorriso de gratidão à vida, ao amor raro com que fora abençoada, e pousou o olhar longe, como que assistindo ao filme da história de seu amor privilegiado. Eliza sabia o que se passava na cabeça da mãe e respeitou aquele silêncio, admirada. Quando a mãe retomou a fala, continuou a ouvir sua amorosa reclamação.

— Não posso respirar, não posso me ausentar um segundo sequer. Quero ver como vou fazer agora, sem você pra encobrir minhas idas à cidade. Na companhia de quem vou dizer que estarei? Nem isso posso fazer, Eliza! Nem ir ao centro da cidade sozinha pra comprar um simples corte de tecido eu posso ir. Diz que é perigoso! Posso cair e me machucar, e com a diabete seria perigoso. Você não concorda que é exagero demais? Também, maldita dessa diabete que foi me aparecer!

— Mas o que você comia de doce não era normal, né? Tinha que terminar assim, mãe! E olhe! Você que se cuide, porque logo papai descobre os doces que você esconde na gaveta da sua mesinha de cabeceira, hein!? Ou pensa que as pessoas são bobas? Todo mundo da casa sabe, mãe. Só ele que ainda não se atentou.

— E que se atrevam a me denunciar!

— Nunca fariam isso, você sabe.

— Não posso comer um torrãozinho sequer que ele me inferniza! Não é fácil, não! Sei que é cuidado, mas às vezes me sufoca.

— Amor, mãe! Você sentiria falta se ele parasse de te cuidar dessa maneira.

— Amo seu pai, Eliza. E amo com todas as forças! Mas o que digo é que ele podia me amar um pouquinho menos — riu Deinha. — Só um pouquinho! Não ia fazer mal nem a mim, nem a ele.

— Sei não, mãe. Você sentiria falta.

— Eliza, você não vai acreditar, filha! Imagina você que agora seu pai deu de controlar minha diabete, sabe como, menina? Deus, tenho até vergonha de contar uma coisa dessas.

— Vergonha de mim, mãe? Vai! Conta logo! E é importante mesmo controlar tua diabete. Ainda mais no teu caso, que come doce escondido por aí. Mas fala! Como ele controla tua diabete?

— Eliza de Deus!!!! Ele prova minha urina!

— Ah, não!!!! Que nojo! Ele não faz isso, não pode ser verdade.

— Pois é, pode acreditar. Agora me diz: como eu fico nessa? Fico constrangida, claro! Por mais que sejamos casados, fico constrangida! E não adianta reclamar.

— É, te entendo. Mas que é lindo, é! Quem pode dizer que é tão amado como você, mãe? É lindo! Deixa o papai! Ele quer cuidar de você. E existe troca entre vocês, né, mãe? Porque tem horas que é você quem cuida dele. E como filho!

A partida de Eliza, Nilo e as crianças para o interior não foi fácil. Mãe e filha se abraçaram aos prantos. Vive se chegou à filha, olhos mentindo secura.

— Você vai me fazer falta, minha filha! Com quem, agora, vou poder falar de meus poetas favoritos? E quando tocar no rádio uma canção nova que me emocione, como farei pra aliviar o que vem em meu peito? Com quem, agora, vou dividir minhas emoções?

— Ah, pai, você tem mamãe!

— Deinha, Eliza??? E Deinha quer lá saber dessas coisas, minha filha? Quando chamo: "Deinha, venha ver que cantora maravilhosa está agora no rádio!", não me dá a menor importância. Sabe o que me responde? "Me deixe, Vive!" Que mulher espetacular, a minha! — acrescentou, sorrindo emocionado.

— Vamos nos falar por telefone, pai. Interurbano está cada vez mais fácil de pedir. Vamos nos falar tanto que acho que vamos até fazer amizade com as telefonistas, você vai ver! Aí vamos poder discutir bastante. Porque é o que a gente faz, né? Discutir. Nem sempre concordamos.

— Sim! Discutir com gente inteligente e sensível é o bom da vida, Eliza. Mas agora vá! Vá, para poderem dirigir com tranquilidade, sem pressa na estrada. Dirija com cuidado, Nilo! Veja a carga preciosa que está carregando! — gritou ao genro. E se virou rápido, para que a filha não lhe visse os olhos molhando.

Partiram. Rostos molhados de cá. Rostos molhados de lá. Quando Deinha se viu a sós com o marido, reparou no rosto inchado dele.

— Você pode chorar, Vive, sabia disso? Todo mundo sabe que você chora. Não pense que não percebemos seus engasgos ao ver ou ouvir ou ler algo que te emociona! Emocione! Nossa filha está indo pra longe, vai te fazer falta!

— Me deixe, Deinha. Me deixe com minhas tristezas, que cuido eu delas. Vou subir para um banho.

Dona Analu, mãe de Deinha, de origem indígena, posando para o retrato com roupa fina e joias, por volta de 1890.

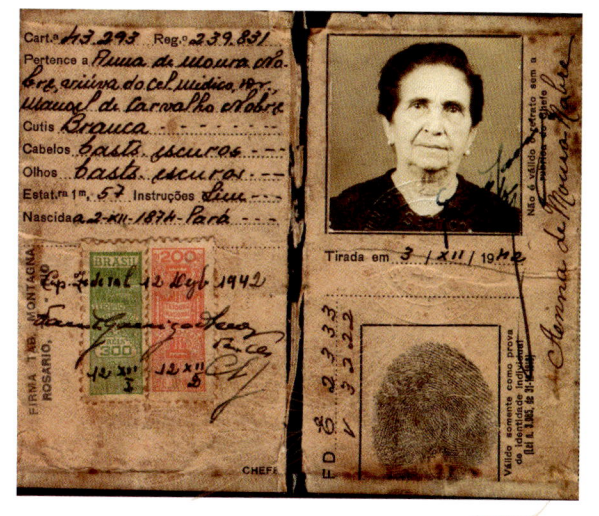

Identidade de Dona Analu, de 1942.

Deinha jovem.

Deinha
aos 29 anos.

Deinha, por volta de 1935.

Deinha e Vive com a filha Eliza, em 1936.

Deinha com os filhos, Eliza e Jamil, em 1938.

Deinha com os filhos, Eliza e Jamil.

Jacira, amiga de infância de Deinha.

Jacira com Eliza e Jamil, em 1940.

Jacira com o filho, Agnaldo.

Deinha com o filho de Jacira.

Eliza e Nilo, noivo, quando já podiam namorar na varanda.

Eliza posando para foto no dia do seu casamento, em 1953. Ao fundo, o quadro de Dona Analu, por onde tudo começou.

Deinha e Vive no casamento da filha Eliza em 1953.

Vive leva a filha Eliza ao altar na prestigiada Igreja da Candelária.

ALGUNS CONSELHOS E SUGESTÕES PARA A FELICIDADE CONJUGAL

SE QUER PRENDER SEU MARIDO...

1 — Faça de sua casa um recanto alegre, flórido e sempre tranqüilo.
2 — Esteja sempre em casa quando êle voltar do trabalho.
3 — Recebâ-o sempre alegre, mesmo que chegue tarde, pretextando muito serviço no escritório ou uma reunião com amigos.
4 — Não reviste nunca seus bolsos, nem abra sua correspondência privada.
5 — Não gaste mais do que êle ganha.
6 — Tenha sempre mesa boa, escolhendo seus pratos prediletos e evitando os que não lhe agradem.
7 — Não mantenha amizades que lhe desagradem e não fale mal das suas.
8 — Não se mostre nunca desconfiada de sua fidelidade.
9 — Receba os parentes de seu marido com a máxima cordialidade.
10 — Cuide bem de sua roupa, não deixando que nada lhe falte.
11 — Não discuta com êle. A razão está sempre do seu lado.
12 — Não se mostre demasiadamente culta e inteligente. Aos homens desagradam as mulheres que lhes sejam de nível intelectual superior.
13 — Seja discreta no vestir e nas maneiras, quando sair.
14 — Resolva sòzinha os pequenos problemas domésticos, mas não deixe de consultá-lo nas questões pessoais e nos problemas mais sérios ; ele deve se sentir o senhor absoluto do lar.
15 — Enfim, releve todos os seus defeitos, faça sobressairem suas qualidades e adapte-se a todos os seus gostos, mostrando-se sua companheira em tudo, mesmo que suas preferências não coincidam.

Só assim você será feliz !

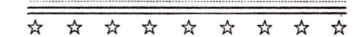

Para quem ama, um conselho pouco pode adiantar... É como a gota da chuva que cair em pleno mar...
(Luiz Otávio)

☆ ☆ ☆ ☆ ☆ ☆ ☆ ☆

Lista encontrada no álbum de casamento de Eliza sobre como a mulher deve se comportar para ter um casamento feliz.

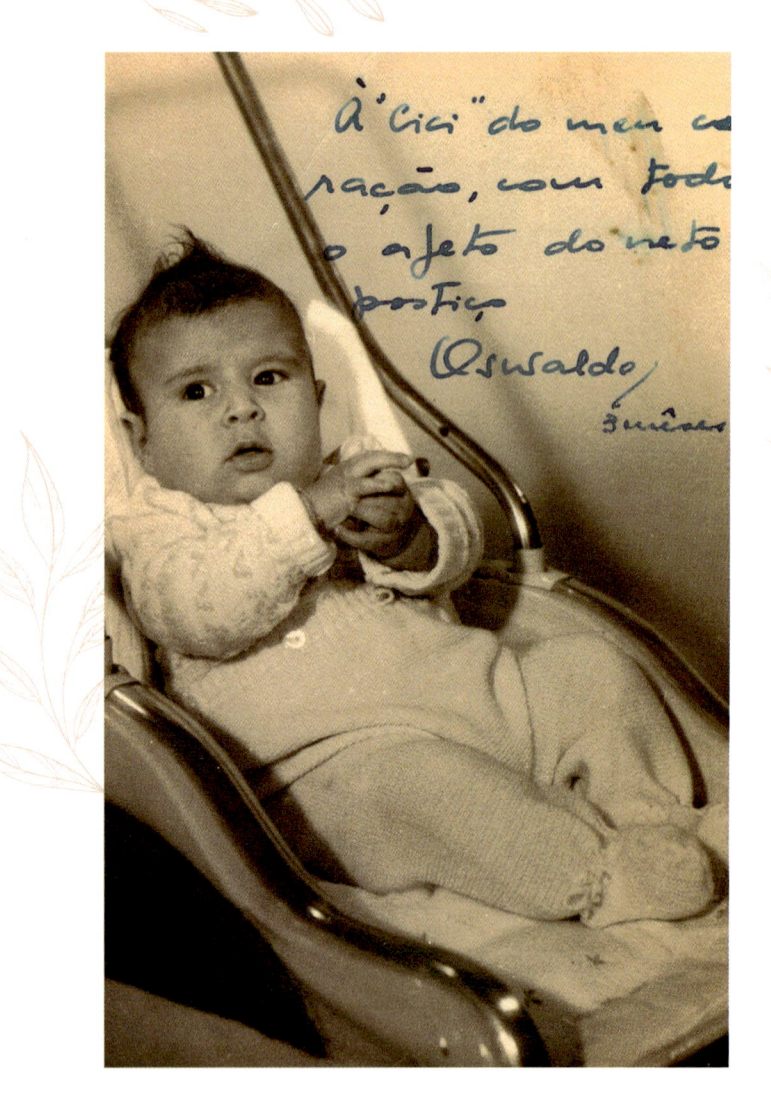

Orlando, primeiro filho de Eliza, nascido em 1956.

Apartamento que Vive alugou para Eliza e sua família.

Deinha nos anos 1960.

O INTERIOR

Deinha se ressentia calada da ausência de Eliza. Não demonstrava para não angustiar a filha, que estava tão bem na nova vida. Por telefone, se falavam todos os dias, e mais de uma vez por dia. Eliza, Nilo e as crianças se adaptaram maravilhosamente ao interior. Nunca imaginaram que poderiam fazer amizades tão sólidas como as que lá fizeram. Amizades que ficariam para o resto de suas vidas. Lá, o tímido Nilo se soltou. Era feliz, vivia um relaxamento que nunca experimentara antes. Seus novos amigos eram dados a serenatas que varavam madrugadas. Eliza nunca havia reparado que o marido gostava de cantar. Agora, assoviava canções durante o dia. Pegava Eliza nos braços para dançarem. Passaram a receber em sua casa violonistas com dedos tronchos, cantores afinados e cantores desafinados, percussionistas sem ritmo, boêmios, poetas e oradores embriagados. Todos tocavam. Bem ou mal, tocavam. Se não o violão ou o pandeiro, tiravam do bolso a caixinha de fósforos e batucavam, raspavam a faca no prato vazio, sacavam o paliteiro da mesa e o faziam de chocalho. Todos, mal ou bem, cantavam. Todos declamavam. E como bebiam! Gostavam mesmo é da cachacinha de barril de carvalho do Boteco do Agenor, o barzinho da esquina. Seu Agenor chegava com as garrafas cheias do líquido amarelo e já ia gritando:

— Trouxe nossa água benta. Vamos beber pra que Deus nos proteja com suas bênçãos!

Riam. Riam sempre. E cantavam. Cantavam sempre. Fora do tom ou não, o que valia era cantar. Cada um trazia o que podia para ser posto à mesa e, se num dia não tinham petisco à mão, trariam na próxima serenata para não se atrasarem e perderem qualquer minuto que fosse daquelas noitadas.

— Não há de ser nada! Tragam na próxima vez! Temos suficiente pra todo mundo — gritava Nilo, solto como jamais Eliza havia visto.

E nunca se soube a troco de que ele gritava, de repente, sem qualquer razão aparente:

— Palmas para o Miguel!

— Quem é Miguel? — perguntavam-se os convivas.

— Não importa! — respondiam eles mesmos, tontos da água santa de Seu Agenor.

E a noite seguia. Às vezes saíam pelas ruas e paravam em qualquer praça.

Certa noite, um guarda noturno os advertiu que aquelas não eram horas de barulho, havia gente trabalhadora dormindo. Não se sabe ao certo se o guarda foi destituído de seu cargo, mas o que se sabe é que ele terminou a noite com um copo da água benta do Seu Agenor nas mãos, cantando, aos prantos, o samba-canção que sua mãe cantava para lhe fazer dormir.

Orlando, já com seus seis anos, vivia a vagar, correr e brincar, livre, bola nas mãos, pelas ruas e matas da cidadezinha. Chegava da escola muito depois das aulas terminadas, sujo de terra, arranhões nas mãos e nos pés, sem se importar com o sangue escorrendo do joelho, cabelos duros de poeira. Sempre sorrindo satisfeito, mostrando as únicas coisas limpas em seu rosto feliz — olhos e dentes. Os pais adoravam vê-lo daquele jeito. Eliza não se furtava a contar à mãe da alegria de experimentar a vida daquela maneira.

— Você não tem ideia de como isso aqui é bom, mãe! Muito diferente do Rio. Relaxado, ninguém tem pressa, não tem barulho de bonde perigoso nas ruas. Não importa se se conheçam ou não, todos se dão "bom dia", "boa tarde" ou "boa noite" nas ruas. E sorrindo sorriso sincero, mãe, não apenas por convenção. Orlando está tão feliz! E Nilo está irreconhecível. Venham para vocês verem que delícia isso aqui!

— Que bom que estão felizes, filha! Vou falar com Vive e marcamos de ir visitar vocês. Vamos de qualquer jeito, prometo. Quero conhecer o paraíso que você diz que é essa cidade.

— Mas venham logo! O período de Nilo no trabalho aqui não vai ser longo, você sabe. A filial já foi aberta e o chefe dele disse que mais de dois anos não ficamos por aqui. Diz que logo logo o escritório daqui estará andando sozinho, a presença de Nilo não será mais necessária e ele está fazendo falta no Rio.

— Dois anos? Tão pouco assim? Mas confesso que fico feliz com isso, não posso te mentir!

— Eu não fico feliz, mãe! O que eu queria mesmo é que você, papai e Jamil viessem pra cá e todos morássemos juntos. Você ia adorar, com certeza. Sabe que Nilo pensou até em largar o emprego pra nos estabelecermos de vez aqui? A gente arranjava trabalho por cá e pronto. E vou voltar a dar aulas, seja aqui ou no Rio, viu, mãe? Estou sentindo falta da sala de aula. Não sei ficar parada! Com Valéria e Genaro ainda pequenininhos, não dá. Mas assim que crescerem um pouco mais, vou fazer concurso.

— Morar definitivamente aí? Espero que vocês tirem essa ideia da cabeça! Vive nunca admitiria sair do Rio, Eliza. Nunca largaria os amigos. Esqueceu quem é seu pai? Não abandona Altair e Armando de jeito nenhum. Para ele não existe no universo dentista melhor, nem mecânico mais eficiente. Diz que são de rara inteligência. São sumidades!

— Isso está durando, hein, mãe!? Papai não muda mesmo! Realmente, quando ele cisma, cisma e pronto! Eu, hein!

— Claro que está durando! E vai durar mais, pode ter certeza. O que é que não dura quando seu pai cisma, Eliza? Essa obsessão dele por algumas pessoas vem desde que o conheço. Pensei que diminuiria com o tempo, mas só piora — riu Deinha. — E por você também, Eliza, ele tem obsessão severa, não vê? Te amar, é claro que tem que amar, é amor de pai e você merece, pela filha que é! Mas ele extrapola! Com Vive tudo é oito ou oitenta.

— Fale com papai e venham logo nos visitar, mãe. Tenho que ir agora. Orlando está pra chegar da escola, Valéria está acordando e Genaro não demora a chorar pelo peito.

Desligavam o telefone sempre tristes. A saudade, em vez de diminuir, aumentava a cada telefonema.

Deinha matutava como convencer Vive a ir ao interior. Não seria muito fácil, mas ela o dobraria. Tentou no café da manhã, quando o marido costumava ser mais aberto a sugestões.

— Eliza me disse ontem que ela e Nilo fazem saraus magníficos em casa, Vive. Que lá todos cantam, acredita nisso? Não é incrível? Quem afina e quem desafina, todo mundo solta a voz. Disse que você vai adorar!

— E você acha mesmo que eu vou adorar qualquer patuscada, com gente desafinada largando a voz bem dentro do meu ouvido, Déia? Eliza esqueceu quem é seu pai? Já disse muitas vezes e repito: um pouco de timidez não faz mal nenhum. Quem afina canta e quem desafina ouve, isso é o justo. Senão a vida fica difícil de aguentar. A vida fica ruim.

— E o que é ruim, Vive?

— Meu Deus! Ruim é o que não é bom, Déia!

— Vive, eu realmente desisto de você! Então sua filha quer te fazer um agrado e você vem com pilhéria???? Te avexe, Vive!

— Mas não tenho razão? Desafinação não dificulta a vida, Déia?

— E você ainda tem a pachorra de nem prender o riso pra disfarçar enquanto fala essas bobagens, Vive! O que quer mesmo é me atazanar, não é? Deixe que volto outra hora pra falarmos, quando você estiver mais no prumo.

Não custou muito a voltar, e decidiu ir direto ao assunto.

— Vive, vamos visitar Eliza e os meninos?

— Vamos um dia, Deinha. Vamos, sim.

— Não, Vive! Vamos marcar de ir já na semana que vem. A falta que Eliza te faz não me passa despercebida, meu amor.

— É verdade, Eliza me faz falta. Mas saber que ela está bem é um consolo. E pra que essa pressa, Déia? Por que logo na semana que vem, assim de repente? Aconteceu alguma coisa?

— Não, não aconteceu nada. Mas estou com saudades. Eliza também está com saudades. Não podemos abandonar nossa filha assim, coitada.

— E quem abandou quem, Deinha? Abandonar é deixar de lado, sozinho no pântano, largar ao léu, na chuva sem chapéu, fazendo um escarcéu, prender num mausoléu, mandar pro beleléu... — riu Vive.

Deinha interrompeu o marido, irritada com a brincadeira.

— Pare com isso, Vive! Estou falando sério, não está vendo? Eliza sente nossa falta.

— Eliza está bem, Déia. Está com o marido, está feliz. Ninguém abandonou ninguém. Deixe de besteira! Daqui a pouco estarão de volta, fique tranquila. Nilo me disse que a estada deles no interior será por pouco tempo.

— Mas quero ir mesmo assim. Conhecer onde estão, se está tudo adequado para ela e para as crianças. Nossa filha cresceu acostumada com boas coisas, boa casa, Vive. Vamos conferir!

— Está com boas coisas e boa casa, pode ter certeza, Déia. Nilo não é homem de não dar o melhor pra família. Ama Eliza e cuida muito bem dela, tenho certeza. Eu não deixaria filha nossa casar com qualquer um.

— Vive, eu te conheço! Não tente me enrolar! Você não quer ir. Me diga por quê!

— Deinha, Eliza está feliz, não precisa da gente. Vamos deixar que fique um pouco livre de nós. Independência é importante. Nossa filha precisa aprender a lidar com a vida sem nossa presença por perto.

— Vive, não me enrole!

— Está bem, Deinha! Está bem! Já que você insiste, eu falo! Não quero mesmo ir pro interior visitar nem Eliza, nem Nilo, nem criança nenhuma! Pra quê? Você fala com ela todos os dias, mais de uma vez por dia, até! E quer saber por que mesmo? Porque chegando lá, Deinha, eu sei muito bem o que vai acontecer. Você vai ficar o tempo todo de trelelê com Eliza, de mimo com esses meninos e vai me deixar de lado! Sei bem como vai ser, já tenho essa experiência aqui no Rio, imagina então no interior, vocês sem se verem há tanto tempo!

Deinha se calou e olhou para o marido. Apertou os olhos, analisando a situação, e calou. Agora era melhor calar. Voltaria ao assunto em outra hora. Acharia um meio de convencê-lo! Sempre achava. Vive era tinhoso, mas era dobrável. E ela sabia bem como fazê-lo, ah, isso sabia! Sempre arranjava um jeito de fazer com que "ele tivesse a ideia do que ela queria". Daria tempo ao tempo e o convenceria. Nada que um carinho, um dengo não dobrasse aquele homem já velho, embora ainda bonito como o quê, tinha que admitir! *Ô, homem bonito, esse meu!*

— Vamos, Vive. Vamos para a cama que está tarde.

E foram dormir.

ACELERE!

— Jacira, Deinha e eu vamos ao interior visitar Eliza. Arrume uma mala com o que você sabe que ela precisará para passarmos lá uns dez dias. Quero partir amanhã cedo, pra não pegar estrada à noite. Você toma conta da casa, como sempre. De lá, Deinha lhe avisa quando marcarmos nossa volta, pra que você deixe tudo preparado pra nossa chegada, está bem?

— Então Deinha conseguiu, enfim, lhe convencer, Vive? Que façanha! — riu Jacira.

— E não é que é? Mas o caso é que Deinha pensa que não quero ir, e agora quero fazer surpresa. Apronte tudo para amanhã.

— Fique tranquilo, Vive — respondeu Jacira, divertida. — Arrumo tudo num piscar de olhos. E, quem sabe, numa dessas idas vou também pra dar um beijo na minha menina! Que saudades estou de Eliza e das crianças!

No dia seguinte, cedo, depois de tomarem o café da manhã, Vive chamou do portão.

— Deinha, minha querida, venha cá fora!

— O que você quer, Vive, logo assim tão cedo?

— Venha!

— Estou ocupada com as meninas na cozinha. Já estou indo, espere um segundo.

Quando chegou à porta, reparou na DKW bege com capota branca fora da garagem, na frente do portão de casa.

— Ué! Por que tirou o carro, Vive? Vai pra onde assim tão cedo?

— Repare o que há dentro dele, Déia!

— Ah, Vive! Não me apronte alguma surpresa besta logo cedo, por Deus! Não estou com tempo para pilhérias — disse ela, rindo.

Mas, ao se aproximar, reparou no carro carregado de malas. Olhou para o marido, surpresa.

— Não é o que estou pensando, Vive, é?

— E não é o que você tanto quer, meu amor? Pensa que só você me prega peças? Dessa vez fui eu! Vamos ver nossa filha.

— Vive, meu querido! Que surpresa bendita! Partimos a que horas? Tenho que arrumar minha mala, pegar coisas. E chegamos lá sem presentinhos ao menos pras crianças?

— Não é o caso de você arrumar sua mala, Déia. Já está tudo prontinho, Jacira entende do que você precisa e preparou suas coisas. E presentinhos compramos na estrada.

Atrás de Vive, Jacira ria, feliz, observando a amiga.

Deinha não cabia em si, de tão entusiasmada. Mal podia esperar para abraçar a filha e os netos. Voltou à casa pra dar algumas ordens, vestir roupa e sapato adequados, e entraram no carro. Viagem tranquila, com conversa tranquila. Quatro horas de viagem era o tempo para chegar. Passadas três horas, o carro passou a andar a quarenta quilômetros por hora.

— O que está havendo? Deu problema no carro, Vive?

— Não, o carro está ótimo. Temos um bom carro, Déia! Pudera! Armando não falha! E não falhou quando me indicou este aqui. Fez revisão ontem e disse que está tudo perfeito pra estrada.

— Então por que estamos nesse ritmo? Andando nessa velocidade chegaremos daqui a dez dias. Acelere, Vive! Pra que isso?

— Deinha, já estamos indo para o interior, como você tanto queria. Mas eu sei o que vai acontecer quando chegarmos lá. Você vai grudar em Eliza, vai ficar de mimo com as crianças e vai me largar de lado. Vou devagar só pra ficarmos um tempinho mais sozinhos. Me deixe aproveitar um pouco mais.

— Vive!!!! Não acredito que estou ouvindo isso! Estamos falando de Eliza, sua filha, por Deus! Você quer tanto vê-la!

— Claro que quero ver Eliza! Você sabe mais do que ninguém o quanto sinto falta dela! Fico desconsolado sem nossa filha. Mas sei que lá você não vai me dar atenção nenhuma, Deinha! Me sinto mal com isso. Fico ali, largado! Não gosto disso.

— Largado, Vive? Eu vivo por você, meu querido, você sabe disso. Nós não desgrudamos um do outro nem por um minuto sequer. Não vou à esquina sem você me esperar no portão de casa contando os minutos e sem insistir para que eu não me demore. Você está exagerando demais, Vive! Isso está passando dos limites.

— E que limites devo ter, Deinha? Sinto tua falta, o que vou fazer? Gosto de te ter por perto. O nome disso é amor, é cuidado.

— Eu chego a pensar que você gostou quando Nilo foi transferido!

Depois de pensar um pouco, Vive respondeu:

— Não deixa de ser uma experiência importante, mudar de cidade. Nós somos a prova viva disso, não somos? Não vê como Eliza conta que Nilo está mais feliz, mais solto? Portanto, se Nilo está feliz, ela também está. Podemos negar que a mudança foi boa pra eles?

— Vive, não posso acreditar que você está falando uma coisa dessas! Falei que você gostou da transferência de Nilo por brincadeira, mas agora vejo que é verdade! Olhe, meu amor, perceba que lá nós continuaremos perto um do outro. Apenas terei assuntos com Eliza, é evidente. Somos mulheres, mãe e filha, temos nossas coisas a contar.

— Está bem, Déia! Se você quer, acelero. Mas não a ponto de corrermos risco. Sou cuidadoso em estrada.

Vive acelerou. E lá foram eles, com todos os carros ultrapassando-os na estrada. A seu lado, Deinha bufava, mas de nada adiantaria reclamar. Quando chegaram, Eliza reclamou.

— O que houve? Estávamos preocupados! Por que demoraram tanto, meu Deus? Pela hora que saíram do Rio, já era pra terem chegado há muito tempo.

Deinha olhou de soslaio para o marido e se calou. Vive se afastou, assoviando e reparando uma gaivota voando no céu.

É O TEMPO QUE PASSA

Passaram a visitar a filha com frequência. Na cidade tranquila do interior, mãe e filha não se desgrudavam. Conversavam todos os assuntos, trocavam receitas recém-descobertas, riam de histórias vividas, atualizavam notícias e fofoquinhas caseiras, faziam compras, passeavam sem destino. Deinha desfrutava daqueles momentos com avidez crescente. Tinha pressa, como quem tem a consciência de que tudo tem fim, de que nada é para sempre.

Num de seus passeios, braços dados, mãe e filha cumprimentaram Seu Firmino, um dos boêmios frequentadores dos saraus que Nilo e Eliza produziam em casa. Seu Firmino passou por elas caminhando devagar, meio encurvado.

— Mãe, é incrível como Seu Firmino envelheceu do ano passado pra cá! Meu Deus! Está caquético! O que terá havido com ele?

— É o tempo, Eliza. O tempo passa pra todo mundo. E se atente, menina, que Seu Firmino tem minha idade. Pense bem, eu também envelheci. A vida é isso, filha! Todos envelheceremos e todos morreremos. E se prepare, que não estou longe disso acontecer.

— Pelo amor de Deus, vira essa boca pra lá, mãe! Não fala essas coisas que atrai! Por favor, não fala!

E, supersticiosa que era, correu até a árvore mais próxima e lhe deu três toquinhos com os nós dos dedos.

— Eliza, você tem que se acostumar com a ideia de...

— Para, mãe! — explodiu, de repente, Eliza.

Deinha se surpreendeu com a reação da filha. De repente, Eliza ficou transtornada. Chorava compulsivamente, aos arranques, sem se importar se a vissem naquele estado.

— Mãe, por favor, senta nesse banco e me espera um pouco. Preciso de um tempinho para respirar e já volto.

Deinha ficou observando a filha se afastar. Doeu-lhe o coração. A dor que a rondava como sombra desde o instante em que pegou a filha pela primeira vez nos braços vinha espreitando-a, cada vez mais de perto, nos últimos tempos. Com os afazeres, o cuidar dos filhos, a administração da enorme casa, os amigos, os necessitados a quem ajudava, e a vida corrida, nunca teve tempo pra pensar nela. Mas não sabia por que (ou sabia!) ultimamente aquela sombra vinha retornando a seus pensamentos recorrentemente. Era fato; o medo estava ali, à espreita, olhando-a de soslaio, avisando que estava acabando. *O que estava acabando, afinal?*, se perguntava, sabendo a resposta, mas com medo de responder. *O todo. Ou parte do todo, restando um todo incompleto*, ela, enfim, respondeu. *E todos incompletos não são todo.* Doeu-lhe perceber que a filha, sempre protegida pelos pais, e agora pelo atencioso marido, vivia o doloroso momento da percepção de que somos apenas e simplesmente incapazes, nascemos e permanecemos vulneráveis a qualquer brisa que venha em sentido contrário ao nosso, não importa o quão fortes e poderosos sejamos (ou pensamos ser). Observou a filha, tão forte e tão frágil. Doeu-lhe.

Terá sido bom, termos protegido tanto Eliza?, pensou.

Por sua vez, quando Eliza se virou para o banco onde estava a mãe, o choque foi como tapa no rosto. Viu a vida rindo de sua inocência, a lhe gritar na cara: "Acorda, garota! Vamos! Está na hora de acordar!". Reparou a velhinha frágil, sentada num banco de praça, a alisar calmamente a saia. Sua mãe. Uma velhinha frágil! Respirou fundo e se aproximou.

— Me desculpe, mãe! Me desculpe pelo escândalo. É que não gosto desse assunto. Não gosto de falar disso.

— A palavra correta não é "disso", Eliza. A palavra correta é "morte". É fim. E você tem que enfrentar.

— Não gosto, mãe. Não quero. É impossível pra mim imaginar uma coisa dessas. Eu não conseguiria viver sem você.

— Ah, conseguiria, sim, minha filha. Se você morresse, eu conseguiria viver pelos meus netos. Então, quando eu morrer, Eliza, você vai conseguir viver pelos seus filhos. E continuará feliz. Você não me preocupa. Muito menos Jamil, que também está com a vida encaminhada. Quem me preocupa, e muito, é seu pai. Tenho receio de como Vive reagiria sem mim ao lado.

Eliza se calou. Aquele era um dia de tapas no rosto. Sabia que a mãe tinha razão. E estava com raiva, com muita raiva, por sua mãe ter razão. Pensou no pai, cada vez mais dependente de Deinha, tão frágil debaixo da capa de força que criara para si. E pensou nas três lindas crianças que a esperavam em casa. Nas reclamações pela bagunça dos brinquedos espalhados. No cansaço dos pedidos de colo à noite. Nos choros pelas tolas briguinhas. Nas divertidas observações de suas inocências. Na alegria. No amor.

Sim, conseguiria viver. Mas seria insuportável.

— A vida é generosa, Eliza. E sábia. Quando vamos chegando ao fim, vamos perdendo, muito aos pouquinhos, e sem perceber, o entusiasmo. A vida continua a ser bela e fascinante, mas seu brilho vai esmaecendo.

— Seu brilho não esmaeceu nem um pouco, mãe. Nós ainda gargalhamos como quando eu era criança, ainda confabulamos coisinhas escondidas de Nilo e de papai, ainda procuramos o que nos diverte, ainda amamos a vida. Você ama a vida, mãe! As pessoas ainda se encantam instantaneamente no exato momento em que te conhecem, como sempre se encantaram. Nada mudou. Somos crianças, mãe. Às vezes até mais imaturas que Orlando.

— Orlando não vale. Como diz Vive, Orlando ainda vai ser alguém diferenciado nesse mundo. Não é qualquer um, esse seu filho. A única coisa que me preocupa nesse menino é que ele é muito bom. E em geral, crianças muito boas não se criam.

— Bota essa boca pra lá, mãe! Que coisa! Meu Deus do céu, o que te deu hoje pra ficar falando essas coisas? Levanta desse banco, vai! Te anima! Vamos caminhar. Chega dessa conversa. E não esquece que você ainda tem uma filha pra criar, hein! Portanto, nada de inventar "daquilo" acontecer. — Conseguiu forçar um sorriso, fingindo brincar.

Retomaram a caminhada. Mas o que Deinha não contou à filha é que de fato vinha se sentindo especialmente cansada. Não tinha o mesmo ânimo para se levantar da cama pela manhã. Todas as tardes, sua energia caía e ela vinha tirando sonecas vespertinas, coisa que nunca havia lhe acontecido antes. Estava sentindo um desconforto físico que não sabia descrever, não sabia localizar. Não arriscou contar a Vive.

Deus me livre, se Vive sabe de uma coisa dessas, pensou. *Não é a diabete, sei disso. Venho cuidado direitinho dela. Ah! Vamos deixar isso pra lá! No Rio, vejo o que fazer e procuro um médico, se for o caso. E o que for pra ser, será!*

Respirou fundo e seguiu de braços dados com a filha. Mas, dessa vez, ambas em silêncio.

DE VOLTA AO NINHO

O chefe acertou quando fez previsão de dois anos para a filial no interior começar a andar sozinha. Disse que a presença de Nilo se fazia necessária na matriz do Rio de Janeiro e o chamou de volta. Nilo se entristeceu. Não queria largar a vida de sonhos do interior. Mas viu que não havia alternativa senão voltar.

— Claro que é ruim ir embora quando está gostoso ficar, Nilo. Mas se é necessário, vamos, sem melindres ou dramas. Não vai ser problema, você vai ver. E podemos voltar sempre nas férias. Nossos amigos continuarão por aqui.

— Eu sei, Eliza. Mas o dia a dia das crianças não será o mesmo, e nossa vida não será mais tão tranquila. E retornar ao escritório da matriz não me deixa especialmente feliz, você sabe.

— Não se reclama do que não tem jeito, Nilo. Estufa esse peito e vamos seguir em frente, felizes. As crianças têm que ver que estamos animados com a mudança. E, além de tudo, vamos ficar perto de papai e mamãe, as crianças vão poder brincar no quintal grande da casa 53. Você vai ver, vamos gostar.

Deinha comemorou o retorno de Eliza. Todos do bairro perguntavam a razão do sorriso escancarado em seu rosto. Ela contava a todos que a filha retornaria e que seus afetos estariam, enfim, por perto, como sempre acreditou que deveria ser. Contava que a presença do genro estava sendo exigida na matriz para que as coisas andassem em ordem.

— Meu genro é extremamente competente, por isso é imprescindível! Precisam dele aqui.

Descrevia as façanhas dos netos:

— Orlando é inteligente demais! Uma sumidade! Imagina você que a professora chamou Eliza pra dizer que ele será um grande escritor ou alguma coisa muito importante no futuro, porque tem rara inteligência e escreve muito bem. Uma beleza! Valéria é a menina mais linda que pode existir. Calminha que só, mas tem-se que tomar cuidado, porque vira bicho feroz se lhe irritam; e ai de quem lhe pise o pé. Que gênio tem aquela menina! Um espetáculo! E Genaro! Ah, meu Deus! Genaro é de doçura e beleza tão raras que Eliza não consegue dar dois passos na rua sem que lhe parem o carrinho de bebê pra fazer agrados na criança. Extraordinário! Vocês vão conhecer meus netinhos e vão se encantar.

— Vive, precisamos arrumar apartamento para Eliza e família. Vi um perfeito pra eles. Não é caro, é bonito e bem pertinho de nossa casa.

— E não seria bom que eles mesmos escolhessem o apartamento deles, Deinha? Por que não ficam aqui em casa com a gente por uma semana, até que arranjem onde ficar?

— E eles vão lá saber melhor que eu onde é melhor pra ficarem, Vive? Deixe de ser besta! E isso não ia durar uma semana, pode ter certeza! Ficariam com a gente no mínimo um mês.

— Um mês? É, não vão saber o melhor pra eles, você tem razão. Vá, Deinha! Vá ver esse apartamento que você encontrou e feche negócio. Quando chegar com a família, Eliza pode ir direto pra lá. Se sentirão melhor assim.

— Vive, você pensa que me engana — disse Deinha e saiu, rindo.

E voltaram.

Nilo voltou à matriz, Eliza passou no concurso para professora na escola que queria e as crianças se adaptaram facilmente à cidade, ao novo apartamento, à nova escola e, principalmente, à casa 53.

A VINDA E A IDA

As crianças se apegaram imediatamente à casa dos avós. Voltavam da escola suplicando para jogar bola no quintal da casa 53, como a chamavam. Gostavam de subir nas árvores para comer fruta do pé, de ser mimados pelas agregadas da casa, de provar das delícias que estavam sempre saindo do forno.

Vive, surpreso com a própria reação, adorou ver os netos barulhentos gargalhando, discutindo, correndo, se sujando na terra, bagunçando a casa, atrapalhando-o quando lia seus livros ou jornal. E gostava ainda mais de entabular conversas com as crianças. Ria das observações agudas de cada uma delas e das argumentações quando não concordavam. Tinha afinidade especial com o mais velho, que aos sete anos já trazia repertório.

— Os dois outros são ainda muito pequenos — dizia. — Mas Orlando é menino danado de bom, Deinha! Esse menino vai ser gente saliente!

— Foi o que a professora do interior disse a Eliza.

— Você sabe que, outro dia, enquanto eu tocava piano, esse menino ficou horas sentado no chão, as perninhas cruzadas, paradinho, sem se mexer um centímetro sequer, sem dar um só pio? Ficou ali, só ouvindo! Quando parei, emendou uma pergunta na outra. E só pergunta boa. É mesmo danado de bom esse garoto!

De fato, Orlando tinha a alma encaixada com a do avô. Gostava de ouvir seu piano. Seguia-o pela casa a perguntar perguntas ociosas, apenas pelo prazer de ouvir o tom grave e macio de sua voz nas respostas. Perguntava o que tal poeta quis dizer quando fez tal poema.

— Que música é essa, vô Vive?
— Nenhuma. Inventei agora.

— Tava na sua cabeça?

— Foi feita na minha cabeça, sim — riu o avô.

— E qualquer pessoa pode inventar música da cabeça?

— Pode! Qualquer um pode sentar aqui e tocar o que quiser.

— Vó Deinha também inventa música da cabeça dela?

— Vó Deinha tem muita coisa pra pensar, não tem tempo de inventar música.

— Você não tem muita coisa pra pensar, vô? Por isso que você tem tempo de inventar música da cabeça?

— Claro que também tenho muita coisa pra pensar! Sou dentista, Orlando, tenho meus pacientes pra tratar, meus amigos pra conversar. Mas tenho tanta coisa pra pensar que me canso. Aí sento aqui e toco pra descansar das muitas coisas que tenho.

— Ah! Quando eu estiver cansado das minhas muitas coisas pra pensar, vô, também vou inventar música da minha cabeça.

As conversas eram infindáveis. Quando o menino se levantava, interrompendo a conversa sem se despedir, pra correr bola, Vive sorria.

E não é que bom ter essas crianças por aqui?

CRIANÇAS CRESCEM

— Menino! Largue essa bola e vá estudar!
— Só mais um pouquinho, vô!
— Esse menino só quer saber de bola, nunca vi disso! É bateção de bola o dia inteiro. Isso não está certo!
— Larga dessas crianças, Vive! Brincar faz parte da saúde, não sabe disso? Correr é importante. Suar! Rir!
— Pra rir, que vão ao circo, Déia!
— Tua piada está fora de momento, Vive. Estou falando sério com você. Orlando está em fase de crescimento, precisa suar pra alimentar os ossos.
— Essas tuas ideias, Deinha! — gargalhou o marido. — Onde já se viu, suar para alimentar os ossos?
Os meninos de Eliza cresciam.
— Meu Deus, como cresceram! — admirava Deinha.
— Crianças crescem, Deinha! Essas aí são consequência de nossos filhos que também cresceram, não é?
— Ah, Vive! Maneira de dizer. Por Deus, deixe de ser chato! E não seja tão exigente com nossos netos!
— Deinha, nossos filhos não deram certo? Eliza não é professora de sucesso, adorada pelos alunos, bem casada, feliz? E Jamil, Déia? Mora longe, mas sempre nos liga querendo conversa. Também casou bem, tem boa profissão e é feliz. Minha exigência funcionou com nossos filhos, por que não haveria de funcionar com nossos netos?
— Porque os tempos mudaram, Vive! Não existe mais palmatória nas escolas, não existe mais ajoelhar no milho. Acabe com isso aqui em casa também! Deixe Orlando, Valéria e Genaro brincarem. São crianças!

— E eu não deixo, Déia? Mas tudo tem sua hora, meu Deus. Cuido deles com muito esmero, todos sabem. Só não sou de dengos desabalados. Dengo imoderado estraga qualquer menino, fique sabendo. Tem-se que ter muito cuidado pra não estragar criança. Já disse a Eliza, Nilo é muito mole com os filhos.

— Vive, desisto de você. Parece jumento teimoso.

— Pergunte a Armando! Peça que lhe conte a história do sobrinho dele, Déia!

— Já ouvi essa história um milhão de vezes, Vive. Não precisa amiudar, que essa eu já conheço!

— Pois então, você sabe que tenho razão. Mudando de assunto, Déia, outro dia o cachorro quase morde Valéria, você viu?

— Ela e o cãozinho estavam brincando, Vive. É normal acontecer.

— Normal acontecer? A menina é pequenina demais pra isso! Se se repetir, ponho esse peludo pra fora de casa! Armando tem um sobrinho que é louco por cachorros e os pais deixaram ele ter um. São família boa, vão cuidar direito. Esse cachorro que se cuide, Deinha. É pequeno, mas desembaraçado demais. Falta-lhe acanhamento, é o que digo. E Totó nenhum morde neta minha, está decidido!

— Você já conversou com o Armando sobre dar o Totó sem falar com a gente, Vive?

— Há que haver planejamento, Déia.

— Pois saiba que sua neta vai ficar tristíssima se você despachar o Totó. A menina acabou de ganhar o cãozinho.

— Pois que fique triste! Logo passa. Mas mordida de cão nenhum neto meu há de levar!

Alguns dias depois, a pequena Valéria chegou da escola e logo correu para o quintal da avó, chamando:

— Totó! Totó!

Não houve resposta do cachorro. Ficou triste a menina.

Mas logo passou.

O INEVITÁVEL

Certa manhã, Deinha acordou se sentindo torta por dentro.
— Não estou muito bem, Vive. Vou continuar deitada por mais um tempinho. Desça você, que daqui a pouco eu desço. Peça pra Jacira pôr a mesa pro teu café.

— O que está sentindo, Déia?

— Não sei dizer bem o que é. Mas não estou muito bem. Deve ser coisa passageira, não se preocupe. Durmo mais um pouco e logo melhoro.

— Vamos medir a glicose!

— A glicose está bem, Vive, já medi. É coisa diferente.

— O que é então, Déia? Não sabe descrever? — O medo crispando sua voz.

— Não, Vive, já disse que não. Me deixe dormir mais um pouco, sim? Logo desço pro café.

Vive desceu as escadas aflito. Ligou para o médico para se aconselhar.

— Leve Deinha ao meu consultório, Vive. Estou livre até depois do almoço. Lá, faço um exame clínico e vemos o que ela tem.

— Vamos, meu amor, Dr. Estrela quer lhe examinar.

Vive estranhou que a esposa tenha concordado tão rapidamente em ir ao médico. Isso não era de seu feitio.

Deve estar se sentindo bem mal, minha Deinha, pensou, angustiado.

Algumas semanas depois, não muitas, Vive, Eliza, Nilo e Jamil deixaram o hospital onde Deinha fora internada. Todos em pesado silêncio. Cada um calado em sua dor.

"Se você morresse, eu conseguiria viver pelos meus netos. Então, se eu morrer, você vai conseguir viver pelos seus filhos", Eliza lembrou a frase da mãe. "Minha preocupação é como Vive reagiria sem mim."

Sim, vou conseguir viver sem você, mãe! Mas vai ser insuportável!
Tinham ainda que pensar em como contar às três crianças. Nilo bem que tentou. Os dois menores ainda não entendiam bem, mas o mais velho já tinha idade e era apegado demais à avó. Orlando, em especial, preocupava os pais. Nilo chamou os três.

— Vocês sabem que vó Deinha está no hospital, não sabem?

— Sim, pai. Ela está doente.

— Pois é. Os médicos tentaram ajudá-la de todos os jeitos, mas não conseguem mais. Vocês vão ter que ser fortes, porque pode ser que ela não volte mais para casa.

— Não, pai! Os médicos estão errados — disse Orlando, seguro do que dizia. — Padre Honório, quando soube que voltaríamos pro Rio, me chamou na sacristia. Disse que gosta muito de nós, e pra nunca perdermos a fé e nunca deixarmos de orar. Disse que quem reza direito consegue o que quer, porque Deus atende a todos que têm fé. E eu tenho fé, pai! Pode deixar, que eu vou rezar com muita força e vó Deinha vai voltar logo. Não se preocupe.

Nilo suspirou, sem coragem de dizer a verdade ao filho. Observou as crianças voltarem a correr para suas inocentes brincadeiras e não as chamou de volta. *Pra quê? Pra que antecipar o inevitável? Que vivessem mais um pouquinho o conforto da inocência.*

Esse foi o primeiro choque de que Orlando se lembraria até o fim de seus dias. Mentiram-lhe por toda sua longa vida de oito anos, revoltava-se. Outras decepções ainda recairiam sobre sua fé. Aos poucos foi se revoltando e, por fim, decidiu largá-la de vez.

— Vó Deinha foi embora, pai, mesmo eu rezando com fé. Nunca mais vai voltar pra nós e isso é injusto. É muito injusto a gente nunca mais poder ver nossa vó!

De repente, Vive parecia ter envelhecido décadas. Eliza temia por ele. Como o pai suportaria viver sem a esposa, a quem tanto amara? Seu esteio, seu alívio, seu conforto, seu leme, sua vida. Com certeza, sequer se lembrava da vida sem ela. Quando chegaram do hospital e entraram na casa, agora vazia de seu espírito, apesar de toda dor lacerando seu corpo, Eliza voltou-se para ele:

— Pai, acho melhor você vir morar com a gente. Pra que ficar sozinho nesse casarão, sem mamãe a seu lado?

— Não, filha. Fico aqui na casa. Depois vemos como as coisas se encaminham. Se não ficar por aqui, não é pra sua casa que vou.

— E pra onde você iria, pai?

— Pra outro bairro, Eliza. Aqui nesse bairro, cada rua, cada jardim, cada flor, cada canto, cada canto de passarinho, cada céu respira tua mãe. Não sobra ar pra mim, filha. Não respiro. Não sei se será bom ficar aqui. Talvez mude de bairro, talvez vá para longe.

— Para longe onde, pai? Quer sair do Rio?

— Não, filha, não vou pra longe de você. Vou pra outro bairro, apenas. Um bairro onde a ausência de sua mãe não me sufoque. Desaprendi de respirar sem Deinha, Eliza. Não consigo mais.

— Venha ficar com a gente, pai. Não é bom ficar só, nessas horas.

— Não, Eliza! Sei cuidar de minha dor. Trate da sua, que sei que também não é pequena.

Despachou a filha de volta ao carro e Nilo deu a partida. Precisava ficar só.

Ao ver o pai distante, Eliza desabou no choro represado. Nilo deu voltas e voltas para que a esposa pudesse se recuperar. Demorou para que isso acontecesse e as crianças já dormiam quando entraram em casa.

A ESCOLHA

— Veja você, Eliza! Importunei tanto sua mãe por causa da diabete e é essa outra maldita doença que a leva de mim. Não devia ter proibido que ela comesse os doces. Eram sua paixão.

— Ih! Não se aborreça com isso, não, papai. Guarda seu arrependimento para o que merece, porque se arrepender disso é desperdício. Saiba que mamãe escondia doces na gaveta da mesinha de cabeceira dela, tá? E comia todo dia! Aquela ali nunca se privou do que gostava.

Vive olhou espantado a filha. E caiu na gargalhada.

— Sua mãe é espetacular, minha filha. Insubstituível! — disse, admirado.

Mas Vive não seguia bem. Sua gargalhada já não era a que a filha tão bem conhecia. Quando ria, agora, parecia que o riso vinha-lhe aos trancos, numa gargalhada chorosa. Seu coração estava pesado, cheio de vazio. Nem os amigos próximos o interessavam mais. Armando e Altair tentaram, sem sucesso, animá-lo. Vivia em solidão, como lobo expulso da alcateia vendo seus pares se afastando. O coração de Eliza doía ao ver aquilo. Eliza sabia. Não sabia o quê, mas sabia.

— Você precisa reagir, meu pai. Ver você, nessa tristeza... Você sabe que não é o que mamãe gostaria.

— Não vejo mais graça, filha. Está tudo cinza, sem vida. O que me consola é te ver bem com Nilo, te ver feliz, com os filhos saudáveis. Tua vida está engrenada, Eliza, isso me deixa tranquilo.

— Sim, acertei com Nilo. Mas a vida não é só casamento e filhos. O ao redor importa, você sabe muito bem disso. Você importa!

— Sem Deinha, Eliza, só você e sua família me importam. Mas você está bem, não precisa mais de seu pai. E não vejo mais graça, filha. Esse mundo não sentiria falta de mim. O vazio aqui dentro está pesado demais pra que eu aguente. Viver está sendo dar continuidade ao sofrimento, Eliza.

— Claro que você faria falta, pai, não fala isso! Faria falta não só a mim, mas a muita gente! Que bobagem! Respeita o que seria o desejo de mamãe! Reage!

— Sim, fique tranquila, filha. Me deixe agora, vá para sua casa cuidar de seus afazeres, que sei que são muitos.

Mas não houve o que animasse Vive. Mudou-se para outro bairro para não sufocar com o ar da esposa, que insistia em permanecer na casa 53. Antes de se mudar, porém, chamou Tetê.

— Tetê, junte todos os pertences de Deinha que restam na casa, perfumes, bijuterias, miudezas da penteadeira, porta-retratos, caixas de fotografias, e leve tudo para o quintal dos fundos.

Tetê acatou a ordem de Vive. Mas ele não lhe respondeu quando perguntou, embora já imaginasse a resposta.

— Seu Vive, pra que isso!?

Calou e restou ao lado do patrão, observando-o fazer um grande monte com as lembranças de Deinha. E ficou ao seu lado por horas, ambos observando a fumaça subir, enquanto o fogo consumia toda uma vida feliz.

O que guardamos pra sempre é o que fica em nossa memória, Deinha. Não preciso dessas coisas que não passam de meras coisas.

Oito meses se passaram, quando ele ligou para Nilo.

— Bom dia, Nilo, Eliza não está em casa, não é?

— Não, Dr. Vive. Eliza está na escola, como toda manhã. Chega para o almoço. Quer que peça para ela lhe ligar?

— Não, não tem necessidade. Só quero mesmo é tirar uma dúvida. Me diga uma coisa, Nilo, Deinha deixou o código do nosso cofre com vocês?

— Sim, Dr. Vive, está comigo.

— Estou precisando pegar uns documentos e não consigo abrir. Acho que estou com o código errado. Me passe o que você tem aí, por favor, para eu conferir.

— Um momento, Dr. Vive, vou pegar.

Nilo passou o código para o sogro.

— Está correto. Devo ter girado errado. Obrigado, Nilo. Dê um beijo em Eliza e nas crianças por mim. Diga que os amo.

— Pois não, Dr. Vive. Bom dia para o senhor.

E desligaram.

— Seu pai ligou hoje, Eliza.

— Ligou? O que queria? Ele sabe que dou aula todas as manhãs.

— Não era nada com você, não. Disse que precisava de uns documentos. Perguntou se sua mãe tinha deixado o código do cofre com a gente, porque não estava conseguindo abrir, e eu dei. Acho que deu certo. Ele teria ligado de novo, se não tivesse conseguido. E pediu para lhes dar beijos e dizer que ama vocês.

— Dizer que nos ama? Não é cara de papai falar assim.

Eliza olhou pra longe, pensativa.

— Isso está estranho, Nilo.

— Por quê? Ele esqueceu o código. Acontece.

— Papai lembra de tudo. Aquela cabeça dele é danada, não falha. Nunca se esquece de nada.

— Sempre há uma primeira vez, Eliza. Seu pai está envelhecendo, não se esqueça.

— Isso está estranho, Nilo, estou lhe dizendo. Meu Deus, será que ele... Você sabe que tem uma arma naquele cofre, não é?

— Eliza, para com isso! Deixa de pensar coisas ruins. Imagina se seu pai faria uma besteira dessas! Ele está bem, já está conformado com a ausência de Dona Deinha.

— Nunca, Nilo. Papai nunca vai se conformar. É tudo fachada, pode ter certeza.

As crianças chegaram e o assunto acabou por ali. No dia seguinte, no escritório, Nilo foi chamado ao telefone. Os colegas se assustaram ao vê-lo lívido, ouvindo assustado o que lhe falavam do outro lado da linha.

Dr. Vive se decidiu. Meu Deus! Como contar a Eliza?

— Eliza, seu marido está te chamando ao telefone. Pode ir atender que cuido de sua turma.

— Eliza, vou passar aí na escola pra te pegar. Conversei com a diretora e uma colega vai te cobrir.

— Por quê? O que houve, Nilo?

— Te explico no caminho. Pode sair agora que chego num instante.

— Estou saindo.

— Entra no carro, Eliza! Vamos à casa de seu pai.

— O que houve com papai, Nilo?

Mas Nilo não precisou falar. Eliza sabia. Eliza sempre sabia. Puxara da avó, da mãe e do pai a capacidade de ler o outro. Nada lhe passava em branco. E ela leu o que o marido não conseguira lhe dizer em voz alta. Sabia que o pai não via graça sem Deinha a seu lado. Sem a esposa, Vive era apenas metade. E ele, de forma sutil, a avisara.

"Você não precisa mais de seu pai. E não vejo mais graça, filha. Esse mundo não sentiria falta de mim."

Sim, ele lhe avisara. Lembrou da história que a mãe contara tantas vezes, de quando foi ao centro espírita com a amiga Yolanda e recebeu recado da tia Nininha. E rezou para que fosse verdade.

Ele está bem, ele está bem, ele está bem, repetiu para si mesma. *Mamãe foi recebê-lo. Tem que ser verdade, tem que ser verdade, tem que ser verdade.*

Fechou os olhos e calou. Olhar perdido, saiu do ar. Nilo a chamou, a tocou, insistiu, mas ela não disse palavra por dias seguidos. Quando saiu de seu sonho acordada, voltou a ser a esposa, a mãe, a amiga, a professora de sempre.

A vida vai continuar, sim, mãe. Por meus filhos, vou viver com muita alegria. Mas, ainda assim, será insuportável!

A DESPEDIDA DA CASA 53

Não foram poucas as providências a serem tomadas. Depois de vendida e esvaziada, a casa era apenas esqueleto do que fora. *Seria possível roubarem a alma de uma casa?*

— Enfim, terminamos! Nossa! Pra que mamãe guardava tanta tralha?

— Essa é das poucas coisas que você não puxou de sua mãe, Eliza. É exato o que você não faz, né?

— Só guardo lembranças muito importantes, Nilo. O resto jogo fora sem pena. Mamãe guardava qualquer papelzinho que lhe caísse nas mãos.

— Dizia que era porque nunca se sabe do que precisaremos no futuro — riu Nilo.

— Papéis viram poeira, é o que papai sempre dizia. E estava certo. Vamos! Vamos adiantar logo isso. O corretor logo chega e a casa tem que estar vazia de nós.

— Vamos. Se quiser, dê uma última olhada, Eliza. Ande pela casa mais uma vez. Se despeça dela. Tome seu tempo.

— Não preciso, Nilo. Com os olhos de dentro nunca deixarei de vê-la.

Afastado dos pais, em cima do pé de goiabeira, Orlando olhava a casa, calado e sério, como não cabe a um menino de oito anos. Olhos secos, expressão dura, via os irmãos correndo, brincando de pega-pega na grama seca. Os pequenos riam.

Como podem rir agora? Ainda não perceberam o que perdemos?, se perguntava o menino.

A voz alta da mãe o tirou do sono acordado.

— Vamos, meninos! Vamos pra casa!

Orlando desceu rápido e sorrateiro da árvore e correu para dentro da casa vazia. Fechou os olhos, e respirou fundo e devagar. Queria sentir o cheiro da avó. Inspirou ainda mais fundo. Queria ouvir a voz do avô. E de Vó Jacira com seu cafuné gostoso na cabeça, de Dona Baixinha com suas balinhas, de Mariinha com seus abraços apertados, de Tetê...

— Onde está Orlando? Orlando! — gritou por ele a mãe.

O menino correu ao segundo andar, para o quarto dos avós. Tocou de leve a parede, com o dedinho, como para não machucá-la. Precisava sentir!

— Quem sabe ela fala comigo? Quem sabe faço com que não me esqueça?

E percorreu assim, devagar, cada parede do quarto.

— Tchau, vó Deinha e vô Vive!

Espantou-se ao sentir, no dedinho, o doce cheiro da avó. Sorriu quando ouviu, pelo dedinho, a voz grave e aconchegante do avô. Fechou os olhos e viu os dois. Ambos sorriam para ele.

— Vá, Orlando! Vá viver sua história! Agora é sua vez!

Sorriu de volta e continuou a percorrer as paredes dos quartos com o frágil dedinho.

— Aqui, minha cama. Aqui, nunca mais vou dormir.

Passou para o quarto ao lado.

— Aqui, você não costura nunca mais com Vó Jacira, vó.

Chegou ao banheiro.

— Aqui, você pôs remédio no meu pé quando me machuquei, lembra? Você prometeu e não doeu muito, mesmo. Disse que era porque fazia com amor.

Desceu as escadas, o dedinho deslizando firme na parede.

— Foi aqui que Genaro caiu, lembra, vô? Você levou um susto tão grande! Saiu correndo, mas logo viu que Genaro nem tinha se machucado, né? Porque ele estava até rindo.

Entrou na sala. E ouviu, no dedinho, o piano do avô.

— Ninguém toca mais bonito que você, vô Vive! Nunca vou esquecer da música da tua cabeça!

Deslizou para a cozinha.

— Hum! Que gostoso, Dona Baixinha! Posso pegar mais um? — pediu com o dedinho. E sentiu Dona Baixinha rir de volta.

Chegou à porta da rua e parou. Viu os pais, parados, esperando pacientemente por ele. Sorriam, observando-o. E percebeu ali, pela primeira vez, que, mesmo sorrindo, as pessoas podem estar tristes. Andou devagar e mergulhou nos braços da mãe.

— Vamos, meu amor!

— Agora é nossa vez, né, mamãe?

— Sim, Orlando, agora é nossa vez.

— Mas podemos ir devagar?

— Sim. Vamos no tempo que você quiser, meu querido.

O TEMPO QUE PASSOU

Rio de Janeiro, 1994

Eliza tinha por hábito sentar na velha poltrona de couro desgastado, com o velho álbum de fotografias antigo e amarelado no colo, para relembrar a história de toda aquela gente.

Naquela tarde, fechou o álbum e conferiu o relógio. Ainda não passava das três, mas se assustou.

— Nossa! Hoje exagerei! Peguei esse álbum à uma!

Porém, tinha tempo. Os filhos Orlando, Valéria e Genaro ainda estavam em seus trabalhos e só trariam seus filhos às seis. Os netos chegariam felizes por aquele ser o Dia da Casa da Vó-Que-Deixa-Tudo. A comida preferida estava pronta, o bolo que pediram estava no forno, o caroço de milho estava separado pra quando pedissem (iriam pedir!) pipoca. E as barracas de acampamento já estavam armadas na sala com as devidas lanternas para a noite de aventuras.

— Hoje as crianças vão se surpreender com o que planejei! E vão suar. É bom, pra fortalecer os ossos — riu, lembrando as palavras da mãe.

Acariciou o álbum em seu colo.

Foi bom ver o pai, sorrindo, pegar a mão da mãe. Foi bom ver a mãe com o vestido que ela reclamava que a fazia parecer um "barril", mas o usava porque o marido adorava. Foi bom entrar de novo na casa 53, respirar o cheiro do quintal, subir nas árvores, lamber os beiços pelos quitutes de Dona Baixinha, receber o olhar carinhoso de Tetê. Foi bom viajar novamente na DKW bege com capota branca. Foi bom ouvir o piano do pai e o cantarolar da mãe. Foi bom ver a mãe costurar enquanto bedelhava com Vó Jacira. Foi bom. Então falou em voz alta, como se o pai ali estivesse:

— Sim, pai, concordo que lembranças em papel podem ser futura poeira.

Bateu com os dedos de leve no álbum e continuou rindo, e em voz alta, como se o pai ainda ali estivesse.

— Mas essa futura poeira aqui eu vou deixar sempre pertinho de mim, tá? De resto, como vocês nunca saem de minhas lembranças, e nisso você também tinha razão, jamais perderei vocês.

— Sim, guarde essa, que vale a pena. E sei, filha, que nunca sairemos de sua lembrança. Assim como estaremos sempre em você.

Olhou rápido para os lados, procurando. Ouviu! Sim, tinha certeza! Ouviu! Sabia que tinha ouvido!

— Meu Deus! Estou louca, ouvindo vozes, ou meu pai falou comigo agora? Pai! Pai, você está aí? — gritou alto, esperançosa.

Mas não houve resposta. Sorriu, então, imaginando (ou vendo?) o belo rosto do pai.

— Isso não importa, não é, papai? E o que é que importa, nesse mundo de Deus?

Levantou-se, ágil, num pulo.

— Agora chega de ontens. As crianças chegam daqui a pouco, vão perguntar que brincadeiras brincaremos hoje e tenho que estar preparada pra lhes dar os trocos às armações que certamente terão preparado pra mim. Afinal, sou a vó Eliza, a Vó-Que-Deixa-Tudo!

Amava aqueles netos!

Levantou e guardou o álbum para se preparar para a guerra.

Antes, porém, passou o dedinho por todas as linhas da capa do álbum de fotografias, com muito cuidado, bem de leve, como para não machucar seu passado.

⌒— FIM —⌒

FONTE Minion Pro, Fields Display
PAPEL Pólen Natural 80g/m², Couché Fosco 115g/m²
IMPRESSÃO Paym